U0138500

# 帶著膽怯也能繼續前進

臆病な僕でも
勇者になれた七つの教え

Ouki Shizuka
旺季志杜香 —— 著　王蘊潔 —— 譯

# 序章

據說越過幾個海洋，有一個叫『黑海』的地方。

『黑海』就是這種顏色嗎？

媽媽花梨正在為輝染頭髮，他看著水藍色磁磚上流動的黑水，忍不住這麼想。

之前上社會課時，他得知世界上有這樣的地方。

「黑海位在歐洲和亞洲之間，雖然看起來像湖泊，但因為經過了海峽，和大海相連，所以黑海中流動的是海水。」老師在上課時說。

——那個海是黑色的嗎？

——黑海的海裡和葉山的藍色海洋一樣，也有顏色漂亮的魚，和好吃的海帶，還有不小心踩到會很痛的海膽嗎？

——每天看著黑海生活，不知道是怎樣的心情。

雖然輝腦海中浮現了很多疑問，但他不敢問出口。

光是想像自己舉起手，身體就會忍不住縮成一團。這根本是自殺行為。

從他懂事的時候開始，盡可能不引人注目，努力當「普通人」。這成為他生命中最重要的任務。

媽媽把他的頭髮染黑，也是為了達到這個目的。輝把每週一次的這一天稱為「黑色日子」。

「輝，你的頭髮和眼睛的顏色來自大海。」

很久很久以前，媽媽曾經這麼對他說，然後親吻了他的頭髮。

不知道從什麼時候開始，輝的頭髮和眼睛，不，正確地說，是他頭髮的顏色好像變成了「不吉利的象徵」，不應該存在——

輝有著一頭湛藍色的頭髮和一雙湛藍色的眼睛，鮮豔的藍色就像是南國清澈的藍色大海，反射著炎炎夏日天空的藍色。那是很美的顏色，只可惜不應該出現在頭髮上。

輝出生時，得知他的眼睛和有著一雙藍色眼睛的爹地一樣，媽媽和白人爹地都很高興。
但是，過了一陣子，當輝的頭上長出藍色頭髮時，大家都很震驚。
「不久之後，他就會和你一樣，變成一頭金髮。」
雖然當時媽媽這麼告訴爹地，但等到輝搖搖晃晃學走路後，頭髮顏色非但沒有改變，反而越來越藍之後，終於決定帶他去醫院檢查。
因為爹地是在美國海軍任職的軍人，所以輝在他任職的橫須賀基地內的醫院做了徹底檢查。
看到冰冷檢查儀器時的恐懼，比自己手臂更粗的注射器，以及媽媽把自己交給護理師時不安的眼神。這些片斷和自己的哭喊聲重疊在一起，成為輝人生中最初的記憶。
檢查結果，沒有任何異常，但也無法得知頭髮為什麼是藍色的原因。
五歲時——
那時候還住在大海對岸可以看到富士山的洋房裡。那片高地位在神奈川縣三浦郡葉山町，只要三十分鐘車程，就可以到橫須賀基地，所以很多美國海軍都住在那裡。

輝和父母住的洋房有庭院，媽媽熱衷園藝，白色木製柵欄圍起的庭院內一年四季都綻放著五彩繽紛的鮮花，香草和樹木也都發出宜人的芳香。

光線充足的客廳內有一張舒服的沙發和柔軟的抱枕，播放著夏威夷音樂，很適合躺在沙發上睡午覺。

媽媽雖然個性害羞，但有時候喝了葡萄酒之後，醉意為她壯了膽，她會隨著爹地彈奏的烏克麗麗跳起草裙舞。媽媽的裙襬緩緩搖動，輝也忍不住學媽媽的樣子，跟著她起舞。

輝興奮的叫聲穿透窗戶，響徹天空。

一切都很平靜，充滿了彷彿南歐生活般的悠閒。

那時候，媽媽穿著飄逸的白色麻質洋裝。

爹地的海軍制服也很英挺帥氣，輝很想向幼兒園的同學炫耀，所以希望爹地去接他，但爹地從來沒有去過幼兒園。

——為什麼？

為什麼第一次看到我的人都會嚇一跳，然後又多看我一眼？

為什麼？

為什麼幼兒園的小朋友在玩遊戲和我牽手之後，都會用肥皂用力洗手？

為什麼？

為什麼爹地的父母，也就是自己的祖父母從美國來日本時，一看到自己，立刻驚訝得說不出話，而且拒絕抱自己？而且祖父母之後就不曾再來過葉山，甚至連之前每年都會收到的聖誕禮物也沒了。

輝從懂事的時候開始，就沒有和住在東京的外公、外婆見過面。

為什麼？

無數個「為什麼」佔據了輝的心。然後有一天，所有的疑問都有了答案。

在那個暴風雨的夜晚——

在那個六月的夜晚，海上吹來強風，庭院內桂花樹的樹枝用力打在輝房間的窗戶上。

原本已經睡著的輝睡眼惺忪地睜開眼一看，發現漆黑的窗外飄著白雪。更奇妙的是，白雪從地面舞向天空。

「哇噢！」

要趕快去告訴媽媽！要讓媽媽也看到這麼漂亮的雪！輝急忙衝下樓梯。光腳走在白色大理石地板上涼涼的感覺很舒服。

「媽媽，外面下雪了！」

正當他打算衝進客廳時，聽到媽媽發出好像慘叫般的大叫聲。

「你怎麼可以說這種話！？老公，你剛才說什麼！？」

「我說妖怪。」

「你……怎麼可以說這種話……？」媽媽的聲音發抖。

爹地說：「我從來沒看過，也沒聽過有小孩子的頭髮是藍色的，那根本是妖怪。」

——妖怪。

輝覺得腳下的地板好像突然消失，自己墜入了一個無底的深淵。

他靜靜走回自己的房間，蹲在好像冰塊般冰冷的地上，他渾身發冷，不停地顫抖。

放在床上的那些兔娃娃和熊娃娃以前是他的朋友，如今也用冷漠的眼神看著他。

——大家都避著我。

因為我是藍頭髮的「妖怪」。
心好像被尖刀割開，不停地噴出鮮紅的血，但他完全不感到疼痛。一刀斃命的心變成了死水，宛如任何光線都照不到的深海。
慟哭從腹底深處湧了上來，他很想哭，卻完全流不出一滴眼淚。
隔天早晨，庭院裡的梔子花全都謝了。
輝以為的雪花，其實是媽媽精心栽培的梔子花。
同一天早晨，爹地搭上潛水艇，被派去遠洋出任務。
媽媽說，因為美國和伊拉克的戰爭遲遲無法結束，爹地可能是因為這個原因去執行任務。
但是。
爹地從此沒有回來——
那天，爹地難得穿上白色制服。白色制服的背影是輝最後一次看到爹地。
不久之後，媽媽就接到一位美國律師的聯絡，說爹地想要離婚。媽媽掛上電話後，重重地吐了一口氣，對著一臉擔心地看著自己的輝放聲大笑。輝第一次聽到媽媽發出那種刺耳的笑聲，因為以前媽媽的笑聲很溫柔，好像豎琴發出的聲音。那個笑聲太尖銳，刺進了輝的心。

——媽媽，你不要哭。

當時媽媽明明在笑，他至今仍然搞不懂當時為什麼會這麼想。

但輝在那一刻知道一件事。

原來，人在陷入悲傷的時候會對著別人笑。

越是想哭的時候，越會放聲大笑。

——因為我的關係，爹地離開了，他們離婚了。

因為我的關係，因為我一頭藍頭髮的關係。

因為我是妖怪，所以爹地不要這個家了。

都怪我不好，如果我不生下來……

自從輝發現自己的藍頭髮會帶來不幸，他把原本就很矮小的身體縮得更小了。他的個子本來就比同年紀的人矮小，所以看起來更矮了。

在輝上小學的前一天，他第一次把頭髮染黑。

那時候他們已經搬離了位在高地上的洋房，租了一棟小房子。

一三四號國道旁有一個紅色郵筒，那棟小房子就在郵筒旁的小巷子裡。

那一帶是高級住宅區，每戶人家都藉由房子的造型，強烈主張著各自的生活方式，花梨和輝的家靜靜地佇立在這片豪宅中。

住在隔壁的房東奶奶說，他們可以自由使用庭院，但媽媽不再種花養草。因為既沒有時間，也沒有錢，媽媽也不再穿飄逸的白色洋裝。

離婚後，媽媽在朋友為了協助拒學兒童而經營的自由學園，為學生做營養午餐。

輝也是在這個時候知道自己從來沒有見過外公和外婆的原因了。花梨的父親是傳承自江戶時代的古典藝能掌門人，比起女兒的幸福，他更重視世人的眼光。因為輝一頭藍髮的關係，所以禁止花梨帶他回家。得知女兒離婚後，他勸女兒把輝送去別人家寄養，但花梨堅持要親手養育輝長大，於是他和女兒斷絕了父女關係。

輝從背著外公偷偷打電話來家裡的外婆和媽媽的談話中得知了這件事。因為自己的關係，媽媽無法得到娘家的援助，也無法見到父母。

媽媽說，她在下班時去了豪宅前的藥妝店，買了染髮劑回來。染髮劑的盒子上有一個滿臉笑容的黑髮女人。

「輝，我們來玩變身遊戲。」媽媽說完後，去浴室為他染了頭髮。

因為媽媽沒有戴上染髮劑所附的塑膠手套，所以為輝染完頭髮後，她手指和指甲也都變得漆黑。輝想起以前住在高地上的洋房時，媽媽的指尖都搽著粉紅色和米色的指甲油。

輝走出浴室，看到鏡子時，認不出鏡子裡的人是誰。

鏡子裡有一個瘦小的陌生男孩。

他目不轉睛地看著鏡子裡的男孩出了神，和媽媽在鏡子中四目相對。

媽媽率先移開視線說：「頭髮變成了黑色，眼睛的顏色就變得很奇怪。」

媽媽說完，拿出一個小盒子。打開白色的盒子後，裡面有一對貓眼。

那是一副黑色的隱形眼鏡。戴上隱形眼鏡後，藍色的眼睛就變成了黑色。

黑色的頭髮和黑色的眼睛。

輝終於變成了「普通人」。

輝發現爹地的制服、爹地去玩他熱愛的帆船時穿的連帽衣，和大尺碼的登山鞋全都不見了。媽媽消除了爹地的痕跡。

爹地在輝身上留下的印記也消失了。

只剩下兩樣東西。

那就是媽媽戴在左手無名指上的雞蛋花圖案戒指，和爹地的黃金獵犬「老鷹」。

爹地和媽媽在夏威夷的茂宜島舉行只有他們兩個人參加的婚禮時，爹地送了這個夏威夷的戒指給媽媽。雞蛋花圖案的正中央，有一顆稀有的古董藍鑽。

爹地還留下了黃金獵犬老鷹。

老鷹垂著長長耳朵的樣子很可愛，是個性溫和的家庭成員。

輝感到難以理解。

——我可以理解爹地討厭我，但為什麼連老鷹也不帶走呢？

爹地之前不是很寵愛牠嗎？

不，最重要的是，爹地竟然拋棄了媽媽。輝無論想多少次，都仍然想不出答案。

對媽媽來說，爹地是這個世界上最重要的人，在爹地眼中，好像覺得逗媽媽笑是歷史上最大的課題，為什麼這樣輕易離開了呢？爹地拋棄了他的愛犬，也拋棄了我們。

可見爹地多麼——

想到這裡，輝忍不住抱住了頭。

無論想任何事，最後都會得出這樣的答案。

——全都是因為我是「妖怪」。

媽媽是生下我的罪人，所以也受到了處罰——

就這樣過了五年又三個月，輝染髮的次數已經數不清了。

這也意味著他說了數不清的謊。

今晚也是每週一次的「黑色日子」。

輝看著浴室地上的黑水心想。

——就像我一樣……

又黑又髒。

隔天清晨，為了帶老鷹散步，他在海邊跑步時，看到藍天中，淡淡地掛著一輪白色的彎月。

散步完回到家裡，輝感到腳步沉重。

每次想到要去上學，心情就很沉重。今天那些搗蛋鬼一定又會對自己做一些完全搞不懂哪裡好玩的「事」。為了讓自己不引人注目，變成一個「普通人」，自己努力了這麼多年，結果全都毀了——。輝忍不住咬著嘴唇。

從開始染髮的那一天開始，他無論做任何事，都只想著要融入團體。

雖然不喜歡算術，但他還是努力用功。因為最後一名會引人注意。

雖然國文考試很簡單，但他故意寫錯三個地方。因為太優秀會吸引別人的目光。

無論做任何事，「和別人一樣」剛剛好。

之前上美勞課時發生的一件事，更增強了輝的這種信念。那是校外美勞課，去畫大海和山的時候發生的事。

同學們都在海邊畫著藍色的天空和藍色的大海，還有大海遠方帶了一抹灰色的富士山。

但是，對輝來說，大海會露出不同顏色的表情對他說話。

山也一樣。小學的後山上有許多生機盎然的樹木和植物，輝以外的同學都用棕色和綠色畫著樹木，但輝可以看到樹木發出的光變成了黃色、白色，有時候甚至是紫色和金色。

當他把看到的畫出來時，老師對他的色彩運用驚嘆連連。

「樹林好像在唱歌！」

其他同學聽到老師感動的聲音，紛紛跑了過來，所有人的視線都集中在輝身上，他們的眼神似乎在說：「我們班上有這個人？」

在此之前，輝一直都像影子一樣，沒有人會多看他一眼。他努力不引人注意，因為影子不能現身。

其他同學異口同聲地說：

「他的畫好奇怪！」

「山才不是這種顏色！」

我就知道。輝心想。一旦引人注意，就會遭到攻擊。在團體中低調生存，不引起任何人注意最安全。

那次之後，輝不再把看到的畫面如實畫下來，開始模仿別人。然後他驚訝地發現，大部分同學，不，是幾乎所有的同學畫的畫都大同小異。大海是藍色，山是綠色，太陽是黃色。雖然大海、山和太陽在不同的季節和不同的時間，會呈現不同的顏色，好像人在換衣服一樣，但其他同學完全看不到。

輝不再看著眼前熠熠發光的大海、山和太陽，而是完全模仿其他同學的畫。原本最喜歡的美勞課，變成了必須封閉感性的折磨時間。

他像躲進地底下的地鼠般壓抑自我，在小學六年級之前都平安無事。眼看著即將畢業，一個月前發生的一件事，讓他多年來的努力化為烏有。

輝就讀的小學每年六月都會舉行全校球技比賽。

五、六年級的比賽項目是壘球，各班之間進行比賽，爭奪冠軍。輝的運動能力很差，很想偷懶逃避比賽，但因為學校規定，如果不是全班所有學生都參加，就無法奪取冠軍，所以他無法請假。而且想到今年是最後一次參加這種比賽，忍不住暗自鬆了一口氣，沒想到班導師很熱血，揚言如果得到冠軍，暑假時要請全班吃蒙古烤肉，全班同學個個都摩拳擦掌。

班上的同學每天放學後就進行特訓，以同班的選手兼領隊理玖為中心加強訓練。

理玖是班上的運動少年，皮膚曬得黝黑，五官端正清秀，四肢修長程度和身高也是全校第一，渾身散發出成熟的味道。英挺師氣的外表完全無愧於女生封給他的「全校第一帥」的稱號。他的成績也是全學年第一名，而且是在小聯盟球隊中的王牌投手和四號打者。球隊進入了全國比賽的決賽，一旦獲得冠軍，就可以去美國參加世界比賽，所以，他成為全校，不，他已經成為本地的英雄人物。

理玖運動能力超強，指導大家練習擊球和防守，其他同學的球技進步神速，只有輝例外，無論投過來的球多好打，輝的球棒都無法擦到球邊。防守也一樣，只能眼看著滾地球從兩腿之間滾過去。幸好在理玖的悉心指導下，總算能夠接到高飛球了。

球技大賽終於開始了。輝所屬的六年一班連戰連勝，最後和被認為有望成為本年度冠軍的六年四班展開了決賽。

人生的轉變常常突然出現在眼前。

在最後一局的第七局下半局，發生了那件事。

和四班之間以二比零拉開了距離，目前是兩人出局的狀態，理玖走向坐在長椅上的輝。

「你去守右外野。」理玖要求換選手。

雖然目前已經有兩人出局，但一壘和二壘上都有跑者，形勢非常緊張。輝緊張地坐在那裡，不知道什麼時候會輪到自己上場，聽到該來的終究還是來了，忍不住臉色發白。他的手因為害怕而發抖，好不容易才終於抓住手套。

理玖見狀，對輝說：「別緊張，勝利之神站在我們這一邊。」

輝看著理玖的臉，覺得從他口中說出這句好像電視劇中會出現的經典台詞，聽起來很舒服，而且很有說服力。

那時候，四班的領隊也要求換人。在這個緊要關頭，那個領隊指名四班中最胖的女生擔任代打。因為四班的領隊看到輝上場，想起學校規定所有人都必須上場比賽的規則，急忙要求她上場。

那個女生一看就知道運動能力很差，一班的加油團看到她上場，認為已經勝券在握，所以立刻興奮起來。

「最後一個，最後一個。」輝班上的同學都興奮地大叫著。

那個女生錯過了兩個好球，只要再投一個好球不被她打中，就獲得勝利了。

「最後一個，蒙古烤肉，最後一個，蒙古烤肉。」一班的加油聲越來越大。

投手投出了「最後」一球。

那個女生閉上眼睛，用力揮動球棒。

噹。

雖然發出了清脆的聲音，但球高高飛起，飛到輝的正上方。

這種球我可以接住！

在球落進手套的瞬間，輝跳了起來。

沒想到球用力彈了一下，以驚人的速度滾向球場的圍籬。

一班的人大聲鼓譟，發出了慘叫聲。

「又不是在打排球！」有人大聲說道。

輝一下子不知道球去了哪裡，慌忙想要去追球，但兩條腿打結了，無法順利追上去。這時，壘上的兩名跑者回到了本壘，擊球的女生也啪答啪答跑到了二壘，好不容易追到球的輝把球投向三壘，但球飛向了其他方向，連他自己都感到驚訝。那個女生從三壘跑向本壘，四班的加油團陷入了沸騰。二壘手費了好大的勁終於追到了球，用力丟向本壘，但那個女生搶先一步踩到了本壘板。一班一口氣失去了三分，由勝轉敗。一班的加油團發出了失望的嘆息，每個人都用冰冷的眼神看著輝。

如果輝沒有失誤，那只是無法成為安打的爛球，如今卻變成了全壘打。

從那個瞬間開始，輝就無法再像影子一樣過日子。

輝滑稽又不光彩的瞬間，和憤怒、懊惱一起，深深留在同學的記憶中。

隔天早晨，輝發現自己放在鞋櫃裡的室內鞋不見了。

上完體育課回到教室，發現放在課桌內的課本上有很多塗鴉。

「幹」、「白癡」、「智障」、「噁心」……用油性筆寫在書包上的塗鴉對輝的打擊最大。

那個書包是漂亮的薄荷色，輝很喜歡那個顏色，當初媽媽咬牙為他買了這個書包。

這麼重要的東西遭到破壞固然讓他難過，但上面寫的字徹底擊潰了他。

『妖怪』。

書包背後用黑色的筆寫了這兩個字。

——大家……果然……都知道……？

大家都知道我是「妖怪」……即使我把頭髮染黑，他們也不認為我是「普通人」。

輝的心發出慘叫，眼淚即將滑落。

他咬牙忍住了，費力地揚起了僵硬的嘴角。

越是想哭的時候越要笑。他從媽媽身上學到了處世之道。

遠遠看著他的同學看到輝露出了無敵的笑容，更覺得他很可怕，紛紛離開了，理玖也在其中。理玖和輝視線交會時，立刻轉開了視線，轉過身。

他在生氣——輝認命地接受了遭到其他同學惡作劇這件事，但連理玖也討厭他，才讓他感到痛苦。他知道理玖為了能夠獲勝，帶領大家付出了多大的努力，輝也對理玖產生了有點像是尊敬的崇拜。

輝很想跑去海邊，但拚命忍住了這股衝動。

只有大海和老鷹是他的朋友。

寂寞的時候，難過的時候，他總是帶著老鷹一起去海邊，坐在那裡畫畫，好像在和大海交談。只有大海和老鷹願意接受輝的一切，只有被海浪聲圍繞時，他才能夠忘記自己的孤獨。

但是，輝只是靜靜地換下了運動衣。這是不引人注意的方法，這樣可以讓自已變「普通」。

然而，輝的期待落空了。

第二天、第三天，霸凌持續不斷，雖然都是小事，卻具有足以傷害輝心靈的破壞力。

清晨去海邊散步結束後，他內心充滿憂鬱，帶著老鷹回了家。

他揹上設法遮住塗鴉的書包準備出門，早就出門的媽媽騎著腳踏車回來了。

「這是營養午餐費，給你。」

「啊，媽媽，你領到薪水了嗎？」輝很意外地接過了裝了營養午餐費的繳費袋。

花梨工作的那所自由學園陷入了經營危機，已經好幾個月沒發薪水，但花梨不忍心看到那些學生沒飯吃，所以仍然每天去學園為他們做營養午餐，只不過花梨僅有的積蓄都花光了，最近終於開始找其他工作。

幾天前，當輝帶著營養午餐的繳費袋回家時，看到花梨眉頭深鎖，露出了嚴肅的表情。原來家裡已經沒錢支付營養午餐費了。

「輝，你不必為這種事擔心。」媽媽揚起嘴角，擠出了笑容。

輝發現，花梨一直戴在無名指上的雞蛋花圖案的戒指不見了。
媽媽一定為了籌措營養午餐費賣掉了戒指。
輝內心湧起了強烈的感情，但他咬牙把這種感情吞了下去。雖然他也想揚起嘴角露出微笑，但無法順利擠出笑容。
他把營養午餐費的繳費袋塞進書包，逃也似地走出了家門。
——媽媽賣掉了對她那麼重要的戒指！
那個戒指凝聚了媽媽對爹地的感情。
難道媽媽以為我不知道，她一直在等待爹地回來嗎？
淚水撲簌簌地流了下來。
如果沒有生下藍頭髮的我——
媽媽現在應該仍然和爹地一起歡笑。
而且不是騙人的假笑，而是像豎琴音色般的笑聲。
他忍不住情緒崩潰，走在山麓的小巷內，兩旁都是圍牆高高圍起的豪宅，山上的綠樹茂密。
這時，一棟房子的後門打開了，看起來像是幫傭的女人把理玖送了出來。

之前曾經聽說理玖住在海岸附近，從家裡二樓的窗戶就可以眺望大海。葉山是知名的別墅區，離海岸很近，後方有山的這一帶是特別高級的地區。

輝不想被理玖看到，立刻躲進了登山階梯的柱子後方。

這時，有一對男女從山上走了下來。女人看起來四十多歲，戴著眼鏡，頭髮隨意綁在腦後。三十多歲的男人穿著熨燙得很挺、衣領領尖上有兩個小釦子的白襯衫。

輝躲在柱子後方張望，那兩個人在階梯旁停下腳步。女人很有把握地說：「不是這座山，是從教堂那裡上去的山，絕對藏在葉山的樹林裡。」

男人露出懷疑的眼神說：「難以相信消失的聖櫃竟然會在這座山上……至今為止，全世界有多少人在找，也都沒有找到，就連希特勒也曾經竭盡全力想要找到聖櫃，最後還是功敗垂成，怎麼可能會在這種地方？」

「我也很驚訝，但在分析所有的資訊之後，得出了這樣的結論。只要找到聖櫃，任何願望都可以實現，太厲害了！」

「金森教授，你相信這種傳說嗎？」

男人不以為然地嗤之以鼻，被稱為金森教授的女人不理會他，繼續說著聖櫃的事。輝看到那個女人的臉，忍不住倒吸了一口氣。剛才就覺得她很眼熟，原來這個姓金森的女人是住在葉山的大學教授，專門研究宗教史，之前曾經在輝就讀的小學特別課程中擔任講師。

當時她曾經提到，『失去的聖櫃』是古代以色列國王『所羅門的密藏珍寶』，裡面放著寶劍、鏡子和寶珠。任何人只要手拿那把寶劍，就可以成為勇士，也可以實現願望，世界各地相信這個傳說的人都在尋找聖櫃，但至今仍然沒有人找到。

輝對在那堂課上，學到所羅門國王所說的「喜樂的心乃是良藥」這句話印象深刻，對說出這麼美妙話語的國王會留下怎樣的珍寶產生了興趣。

他之前一直以為『失去的聖櫃』只是傳說，是現實中不可能存在的夢想，沒想到親耳聽到金森教授說，那個聖櫃就隱藏在這座葉山的秘密森林中。

輝想要去山上。如果能夠找到聖櫃，就可以實現所有的願望，可以把媽媽的雞蛋花戒指找回來！想到這裡，他忍不住興奮起來。雖然腦海中浮現了讓頭髮變黑的想法，但對他來說，頭髮這件事已經讓他絕望到無法產生任何期待。

他一路衝回家，準備帶著老鷹上山。

必須走國道，才能前往金森教授提到的那座教堂。因為小學就在國道旁，所以他很擔心經過校門口時會被長老叫住，幸好沿途都沒有人叫他，他一路上了陡坡，來到了坡道上方的教堂。

教堂旁就是登山口，他從那裡上了山。之前校外教學時曾經來過這裡，但此刻和之前一大群同學一起來時的感覺完全不一樣，山上寂靜得有點可怕。雖然山麓的民宅和中學就在眼前，但寂寞和不安還是向他撲來。

「這種地方不可能有什麼聖櫃。」

輝用大聲得有點可笑的聲音對老鷹說，試圖打破眼前的寂靜。

就在這時，老鷹叫了起來。

「老鷹，怎麼了？」

老鷹對著山的深處吠叫著，以驚人的速度衝了出去。

「老鷹！Wait！」

老鷹怎麼了？平時很聽話的牠竟然沒有停下來。

輝慌忙追了上去，課本和筆盒在背上的書包裡發出喀答喀答的聲音。

來到視野開闊，可以看到大海的地方時，他已經滿身大汗。

輝上氣不接下氣地抬起頭，發現身穿紅色T恤的理玖站在那裡，他也揹著書包，手上拿著球棒袋。

「啊……！」

輝驚訝地叫了一聲，理玖劈頭就問：「你來找聖櫃嗎？」

「呃，不，不是。」

「不是嗎？」

「呃，嗯。」

理玖自言自語地嘀咕：「我已經找遍了整座葉山，但還是沒找到秘密森林。」

「啊？你也在找嗎？」

「我也在找？你果然也在找啊。」

「啊，不是。」

輝不知道該怎麼否認，結結巴巴說不出話，老鷹再度大聲吠叫起來。

順著老鷹吠叫的方向看去，發現那裡有一座白色雕像。

「在這種深山裡怎麼會有這種東西？」輝感到很納悶，仔細一看，發現是一座高五十公分左右的青蛙石像。
「青蛙？」輝目不轉睛地打量著石像。
青蛙石像的嘴巴突然張大了。
輝嚇了一大跳，一屁股跌坐在地上。
「嗚哇哇哇哇！」
「怎麼了？」理玖納悶地問。
「那個啊！你看那個！」
「青蛙？青蛙怎麼了？」
理玖似乎沒看到青蛙張大嘴巴。
「嘴、嘴巴張得很大。」
理玖聽了，頓時雙眼發亮，激動地說：「我以前曾經聽說，秘密森林的入口是青蛙！哪裡張大了嘴巴？！你帶我去！」
「呃……」輝搖頭後退著。
老鷹張著大嘴衝了過去，好像在威嚇石像，差一點被青蛙的大嘴吞進去。
「老鷹！」輝大叫一聲，好不容易抓住了牠的尾巴。當他用盡全身的力氣想把老鷹拉出來時，理玖在他背後推了一把。

「啊！」

輝慘叫一聲和理玖、老鷹一起墜入黑暗中。

回過神時，發現周圍的森林和剛才山上的森林完全不一樣。

幾隻巨大的紫色蝴蝶，在茂密的樹木之間飛來飛去，乍看之下，會以為是鳥。樹上的葉子形狀都很奇怪，以前從來沒有看過。

老鷹似乎被那些蝴蝶吸引，搖著尾巴，追著那些蝴蝶。

理玖拿著球棒袋站了起來，輝立刻質問他：「你、你為什麼推我？」

「不好意思，剛才手滑了一下。」

理玖很乾脆地向他道歉，反而讓輝更加生氣，想要繼續責怪他。

「歡迎光臨。」

輝看向聲音傳來的方向，發現有一隻青蛙站在那裡，和剛才那座石像長得一模一樣。這隻青蛙穿著紅色棉背心，兩隻腳站在那裡。而且還會說話！

從來沒見過的活青蛙正在說話，但輝和理玖驚訝得一時說不出話。

老鷹竟然順從地在青蛙腳邊趴了下來。

「你們是不是來這裡找聖櫃？歡迎你們，這麼古錐（可愛）的少年人（年輕人）來這裡，看來日本還很有希望啊。」

青蛙用輝聽不太懂的話說道。

仔細打量後，輝發現這隻青蛙有點像《星際大戰》裡的「尤達大師」。

理玖重重地吐了一口氣，似乎放鬆了內心的緊張，叫了一聲：「青蛙先生。」

青蛙聽了，立刻大叫起來。

「不行不行，不能叫老夫青蛙，再叫老夫青蛙，老夫馬上就走人！開玩笑的。」

青蛙露出期待的眼神看著他們，似乎在等他們笑出來。

輝不知道該如何反應，理玖直截了當地說：

「好冷。你是誰啊？」

青蛙發現自己的冷笑話完全沒人捧場，似乎有點無奈，但為了保持威嚴，端正姿勢後，開始自我介紹。

「老夫是長老，這座森林的嚮導。從兩千年前開始，老夫就負責在這裡指引尋找聖櫃的人。」

「這座森林裡果然隱藏了可以實現願望的寶劍嗎？」理玖興奮地問道。

長老瞪著他和緊張得快昏過去的輝問：「實現願望？」

「不是嗎？只要找到那把寶劍，就可以成為勇士，可以實現所有的願望……」

長老眼中露出銳利的眼神，用難以想像和說無聊冷笑話的青蛙是同一人的嚴肅聲音說：

「寶劍和鏡子、寶珠一起，都放在長一百二十公分，寬和高都六十公分左右的長方形棺材型聖櫃中，但寶劍並不是實現願望的東西。」

「這、這是什麼意思？」

因為長老的聲音聽起來太緊張，輝忍不住插嘴問道。

「聖櫃中的寶劍、鏡子和寶珠分別有不同的特殊力量，尤其是那把寶劍，據說拿到寶劍的人，具有支配世界的力量。」

「支配世界……？」

「是啊，所以至今為止，從羅馬法王到希特勒，全世界有權力的人都拚命想要找到聖櫃，只不過沒有任何人找到。」
「為什麼？」理玖問了輝內心想問的問題。
「因為聖櫃沉睡在名為虹峰的深山裡。」長老指著聳立在西方那座三角形的山，「只有勇士才能打開聖櫃的蓋子。」
「勇士？」輝問。
「就是能夠蒐集到七彩石的人。前往那座山的人會遇到七次考驗，只有成功的人可以拿到一顆彩石。只可惜到目前為止，有人精神出現了異常，有人送了命，還有人變成了凶猛的動物。即使這樣，你們仍然要去嗎？」
輝忍不住發抖。
——竟然來到這麼可怕的地方。這是和我完全無緣的世界，我要趕快逃。
正當輝這麼想的時候，理玖毫不猶豫地說：「我要去！」
「……好吧，既然這樣，老夫就助你一臂之力。」
「謝謝長老。」
理玖和長老好像突然變成了老朋友，輝戰戰兢兢地對他們說：「呃，我要回去。請問要怎麼回去？」

長老轉頭看著他說：「俗辣。」

「叔……辣？叔叔、很辣？」

輝完全聽不懂是什麼意思，長老喝斥說：「就是膽小鬼的意思。」

叔叔很辣就是膽小鬼？這隻青蛙到底在說什麼啊……？

長老繼續說道：「德島方言這麼說。」

——為什麼要說德島方言？

長老好像看透了輝內心的疑問，回答說：

「傳聞說，聖櫃藏在德島的劍山，所以經常有人從德島的入口進來，老夫覺得他們說的話金促咪（很有趣），就開始模仿，結果就有了雙語能力。」

「這哪算是雙語能力啊！而且不是全世界的人都在找嗎？為什麼只有葉山和德島有入口？」

理玖很受不了地問，他即將展開可怕的探險，但看起來老神在在。

「全世界總共有一百零八個入口。馬丘比丘、塞多納、沙斯塔山、埃及……都是一些被認為是能量景點的地方，但只有那些有可能成為勇士的人，才能看到入口，你們不知道自己能夠看到入口有多幸運嗎？真是太不中用了。」

這種事根本不重要，輝拚命低頭懇求：「拜託你，讓我回去原來的世界。」
「沒辦法。」
「為什麼？」
「除非一起來到這個世界的人也一起離開，否則出口就不會打開。也就是說，你只能和理玖、老鷹一起離開。老鷹，對不對？」
「汪！」老鷹對著長老搖尾巴回應。
真氣人！老鷹這傢伙竟然討好冒牌尤達大師……輝在心裡咒罵著，發現四周的天色暗了下來，好像隨時會下雨。
恐懼從腳下爬了上來，他快哭出來了，只好拜託理玖：「我們回家吧，如果不在晚餐前回家，我們的媽媽都會擔心啊。」
長老一派輕鬆地回答：「放心吧，這座森林裡的時間和那裡不一樣，時間走得比較快。這裡的三天相當於那裡的一天，只要在三天之內回去，就來得及回去吃媽媽做的美味晚餐。」
你說這些也沒用啊。輝想要反駁長老。
「少年人，做好受傷的心理準備，夢想在前方招手。」

長老說完這句話，突然從眼前消失了。

「你可以在這裡等我，我絕對會找到聖櫃，拿到寶劍。」理玖對輝宣告後，走進森林深處。

輝茫然地看著他的背影站在原地，陷入了混亂，完全不知道該如何是好。

唯一的朋友老鷹也跟在理玖的身後。

輝拚命忍著嗚咽，追了上去。他無論如何都不想一個人留在原地，不想獨自留在這麼昏暗冷清而又危險的森林中。

「等等我！」輝不安的聲音在安靜得可怕的森林中迴響，他被自己的聲音嚇得發抖。

在這裡，他覺得平時「想要當個普通人」的願望是極大的奢求。

# 第一顆彩石「紅石」

理玖靠著指南針，出發前往隱藏了聖櫃的三角形山峰——虹峰。

輝很不甘願地跟在他身後問：「你為什麼想要聖櫃？」

「理玖。」

「啊？」

「你叫我理玖就好，大家都這麼叫我。你呢？你叫什麼名字？」

「輝。」

「真奇怪的名字，怎麼寫？」

「光輝的輝，發Kira的音。」

「是喔。」理玖目不轉睛地看著輝。

每次告訴別人自己名字的由來，他就希望自己從這個世界消失。爹地精通日文，對「光輝燦爛」這個字感動不已，希望自己兒子也有光輝燦爛的人生，所以為他取了這個名字。

我完全撐不起這個名字。他很想這麼吐槽自己。

「你為什麼想要找聖櫃？」理玖問。

「呃……我並不想找聖櫃。」

「少騙人了，你不也是聽了金森教授說的話，才會來這裡嗎？」

輝有點不知所措。原來理玖看到自己躲了起來。

「我並沒有……」

他結結巴巴，語無倫次時，理玖又繼續說了下去。

「任何人知道聖櫃可以實現所有的願望，當然會有興趣。」

「理、理玖，你不是已經實現了所有的願望嗎？」輝在說話時，對有生以來第一次叫同學的名字感到很不自在，但還是繼續說了下去，「因為你不是已經要什麼有什麼了嗎？」

從得知理玖來找聖櫃的那一刻起，他就覺得很奇怪。

理玖的父親在橫須賀開了一家很大的醫院，聽說他媽媽也是那家醫院的醫生。他們家很有錢，住在葉山最好地段的大豪宅內，他自己本身在運動方面十項全能，功課又好，長得也超帥，他還想要什麼？

「如果找到聖櫃，你要許什麼願望？」

輝發自內心感到納悶，理玖轉身背對著他，似乎覺得他在多管閒事。

「幹嘛要告訴你？和你沒關係。」

輝覺得自己遭到了拒絕，難過地吐了一口氣。他很熟悉這種感覺。

看著理玖離去的背影，忍不住「啊！」地叫了一聲。

因為理玖周圍飄著紅色的霧，不光是理玖，老鷹、樹木和花草周圍都圍繞著不同顏色的霧。

「那是什麼？」

輝伸手指著問道，理玖訝異地看著他的臉。理玖似乎看不到那些霧。

「能量、氣場……」輝說出了浮現在腦海的詞彙。

「你說什麼？」理玖轉頭問他。

「不，沒什麼——」輝在回答的同時感到納悶。因為在此之前，他對「能量」、「氣場」這些詞彙很陌生，從來沒說過，甚至從來沒聽過。

但是，這些詞彙就這樣浮現在腦海，他不認為是自己想出來的。

虹峰在遙遠的西方。無論怎麼想，都覺得要三天才能走到。長老說，這個森林裡的三天相當於原來世界的一天。如果可以在三天之內回去當然沒問題，但如果回不去，媽媽一定會很擔心。想到這裡，輝很想馬上就結束這場探險。他之所以問理玖尋找聖櫃的理由，也是希望可以說服他放棄。

但是，理玖沒有絲毫遲疑，目不斜視地繼續向前走。

老鷹也配合理玖的步調，跟在他身後，但不時在意無精打采地跟在後方的輝，停下腳步等他。老鷹似乎在輝和理玖之間發揮了橋樑作用。

走進森林深處，前方很暗，難以想像目前是白天。

沙沙。前方傳來撥開樹枝的聲音。輝和理玖緊張地定睛看著前方，從樹木搖晃的情況，知道有什麼東西即將出現。輝和理玖屏住呼吸，躲在樹木後。

不一會兒，一頭母鹿帶著小鹿從樹木之間現身。和普通的鹿一樣，栗色的身體上有白色的斑點，但牠們的耳朵特別大，而且眼睛是淡粉紅色。

母鹿似乎發現了他們，看了一眼他們的方向。輝忍不住倒吸了一口氣，因為母鹿的眼神真誠無邪，好像可以看穿他內心的想法，時間似乎在那一剎那停止了，但母鹿隨即若無其事地移開視線，帶著小鹿離開了。

輝和理玖都鬆了一口氣，放鬆了肩膀的力量。這時，有兩隻奇妙的動物從和母子鹿離開的不同方向現身了！兩個人再度緊張起來。那兩隻動物雖然很像人類的外形，但比起人類，更像是蜥蜴，有著一雙紅色的眼睛，全身都披著綠色鱗片，有三根指甲尖銳的手指，牙齒也像是獠牙。

那兩個蜥蜴人突然撲向他們。

輝慌忙想要逃走，但因為太害怕，兩隻腳不聽使喚。

其中一個蜥蜴人向理玖伸出尖銳的指甲，理玖勇敢地揮拳打向蜥蜴人的臉，蜥蜴人被他打飛了出去，嘴裡吐出了噁心的綠色液體。另一個蜥蜴人也對輝露出獠牙，輝動彈不得，嚇得閉上了眼睛。這時，老鷹用力撲了過去，咬住了蜥蜴人的腳。

「喔！」蜥蜴人痛苦地慘叫一聲，想要把老鷹拉開時，理玖抓住了輝的手說：「快逃！」

理玖握住了輝的手，輝才終於移動了腳步。「老鷹！」他聲嘶力竭地大叫一聲，然後全速跑了起來。他們帶著老鷹，一起跑向叢林深處。

他們躲在樹木觀察，發現兩個蜥蜴人追過來找他們。

「他、他、他們到底是誰？」輝害怕不已，說話的聲音比平時抖得更厲害。

「反正不會是我們的朋友。慘了……這樣下去，我們敵不過他們。」理玖一臉嚴肅地說。

輝看著理玖，忍不住在內心驚叫。

——怎麼回事？原本以為同班同學理玖只是普通的小學生，但他簡直就像探險電影裡的英雄一樣勇敢。怎麼可能有這種事？遭到從來沒見過的蜥蜴妖怪攻擊，竟然還可以這麼冷靜！我只是普通的小學生……

這一定是夢。還有那隻說德島方言，有點莫名其妙的青蛙，這個世界上根本不可能有那種東西。這是夢，趕快醒一醒！

輝的祈禱落空了，蜥蜴人似乎發現了他們的腳印，指著他們的方向衝了過來。

理玖大叫一聲：「老鷹，衝！」簡直就像是老鷹的主人般發號施令。

老鷹聽到理玖的命令，立刻跑過兩個蜥蜴人身旁，跑向叢林深處。

蜥蜴人掉頭去追老鷹。

「你幹嘛！」

輝看到理玖犧牲老鷹，忍不住一把抓住他質問。

「別擔心，老鷹跑得很快。」理玖甩開了輝的手，俐落地從球棒袋裡拿出了木球棒。平時在小聯盟比賽時，他都用金屬球棒，但平時練習則使用份量比較重的木球棒，鍛鍊自己的力量。

「你想幹嘛？」

「把老鷹叫回來。」理玖轉動著左手上的球棒說道。

「呃……」輝說不出話。那兩個蜥蜴人剛才去追老鷹了，如果把老鷹叫回來，那兩個可怕的傢伙也會跟來這裡！

理玖看到輝還在猶豫，忍不住大聲地說：「你到底有多膽小！難道你沒有不惜用生命保護的東西嗎？」

輝思考起來。

用生命保護的東西。自己有這種東西嗎？

學校的老師不是曾經說過，生命是最重要的嗎？

理玖終於不耐煩地吹著口哨。

咻。

輝看到老鷹跑了回來。

啊，老鷹！你還活著！老鷹！

輝很想跑過去抱住老鷹，但立刻感到不寒而慄。

因為那兩個蜥蜴人也跟在老鷹身後出現了。

而且，他們手上拿著剁肉的大菜刀。

——怎麼會這樣？這不是越來越危險了嗎？

輝抱著頭，蹲了下來。

頭頂上傳來理玖的聲音。「少年因為奮戰而成為男人。」

「啊？」

「這是我們小聯盟領隊長老的口頭禪。『少年因為奮戰而成為男人，女人因為放棄奮戰而變回少女。』」

——沒關係，我一輩子當小孩就好。

輝渾身發抖，在心裡說道。

他越來越討厭自己。

自己無法保護心愛的老鷹。

他實在太害怕了，根本無法思考。

我一無所有，也沒有一絲勇氣。

「叔辣」一輩子都是「叔辣」，無法成為勇士。即使把頭髮染黑，即使改變了眼睛的顏色，也無法變為「普通」的自己，當然更不可能成為勇士。即使真的有可以實現願望的魔法聖櫃，也只有像理玖那種英雄才能夠變身。

理玖跳了起來，用球棒打向蜥蜴人。

蜥蜴人舉起大菜刀擋住了球棒，只聽到嘎嘰一聲，菜刀砍進了球棒。

理玖愣了一下，另一個蜥蜴人立刻從他背後展開攻擊。

理玖左手拿著球棒，輕巧地躲過了，同時用腳踹向蜥蜴人。蜥蜴人倒在地上，老鷹衝上去咬他的屁股。

輝戰戰兢兢地從樹叢中探出頭。

無論理玖多麼勇敢，運動神經多麼優秀，都無法打退凶猛而又強悍的蜥蜴人。

菜刀擦過理玖的肚子，割破了他的襯衫！

被老鷹咬住屁股的蜥蜴人對著老鷹露出了獠牙，老鷹大聲吠叫著，步步向後退。

兩個蜥蜴人一步步向理玖逼近，兩把菜刀和尖銳的指甲，還有尖尖的獠牙，理玖的身體很快就會體無完膚。

輝害怕得不敢直視，抱著頭開始發抖。

就在這時，他聽到一個聲音。

『Hara（肚子）。看Hara（肚子！）』那不像是耳朵聽到的聲音，而是內心湧現的感覺。

「不要看蜥蜴人！意識集中在Hara（肚子）！」

輝把內心湧現的感覺說了出來，不顧一切地告訴了理玖。不知道為什麼，他強烈地認為這件事必須告訴理玖。

「Hara是什麼！」理玖用球棒牽制著蜥蜴人，不顧一切地問。

感覺再度出現在腦海，他用話語說出了那種感覺。

「是丹田！把意識集中在丹田，用力深呼吸！」

輝對著理玖大叫的同時，感覺到自己的意識也漸漸集中在丹田。那不是他刻意這麼做，而是身體自己做出了這樣的反應。

他將意識集中在腹部中心的丹田，用腹部呼吸後，他的身體漸漸被金色蛋形光籠罩。同時，他立刻知道那些光稱為『光球』。

雖然蜥蜴人還是那麼猙獰，老鷹也繼續激烈地吠叫，危險的狀況完全沒有改變，但內心充滿了平靜。

在金色光球中，原本失控的心情漸漸平靜，呼吸放慢了速度，開始深呼吸。

『注意呼吸』的感覺出現，輝再度深呼吸，然後對理玖說：

「理玖，你想像一下有蛋形的光包圍你的身體！」

就在輝要求理玖也想像光球時，他發現自己可以清楚瞭解攻擊理玖的那兩個蜥蜴人下一步的行動。

「理玖，接下來是左邊！他們會從左側攻擊你！」

「啊！你說什麼！？」理玖似乎聽不懂他在說什麼。

「我可以預測他們的行動！你要相信我說的話！接下來是右邊！要注意腳！」

理玖雖然覺得輝說的話簡直是異想天開，不由得感到困惑，但還是聽從他的指示用球棒防守，沒想到蜥蜴人果真攻擊了那個位置。

「輝，既然你能夠預測他們的行動，應該也可以知道他們的弱點！告訴我什麼時候可以攻擊他們！」理玖在閃避攻擊時對輝叫道。

「但這麼一來，不是就沒辦法防守了嗎？」

「一味防守無法打贏比賽！無法打贏的比賽根本沒有意義！」

輝閉上了眼睛，可以強烈感受到那兩個蜥蜴人的動靜。

「理玖，他們會從右上方攻擊！你打他們的左下方！」

理玖聽從輝的指示，敏捷地閃躲了從右側砍下來的菜刀，同時揮棒打向左側的蜥蜴人腹部。下一剎那，又把球棒揮向右側蜥蜴人的肩膀。

兩個蜥蜴人大聲哀號著倒在地上，身體漸漸融化，從地面消失不見了。

「你沒事吧！？」輝跑向用肩膀用力喘息的理玖。

「輝，謝謝你幫了大忙。」理玖說完，注視著輝。

「不，我什麼都……」輝緊張地移開了視線，這是第一次有同學叫他的名字，他有點不知所措。

理玖再度問他：「你剛才說的光球是什麼？」

「我也不是很清楚……但你應該可以看到我被這種光包圍吧？」

輝指著自己周圍的光球問。

「什麼？我什麼都沒看到？」

似乎只有輝能夠看到光球。輝告訴理玖，蛋形的光似乎稱為「光球」，以及被光球包圍，就可以保持心情平靜，要求他試著想像看看。

理玖對輝的奇怪提議感到困惑，但還是在他的引導下，將意識集中在丹田，然後想像著自己站在光球中，光球向四周發出光芒，包圍了自己的身體。理玖用力吐了一口氣說：「好厲害，心情真的平靜了。」

每次呼吸，就消除了不必要的緊張，身體越來越放鬆，但內心湧起巨大的力量，彷彿身處名為信賴的巨大溫暖之中。

輝感受到肉眼看不到的能量（氣）的力量，忍不住興奮不已。既然只要靠想像就能夠讓心情平靜下來，以後遇到害怕或是緊張的情況時，心情應該可以比以前輕鬆許多。

這時，天空中有什麼東西閃著光，掉了下來。

輝用目光追隨著強光，發現那樣東西慢慢靠近。原來是一顆圓形的紅色石頭。那顆石頭好像有意志的生命，朝向輝飛了過來，然後落入他的手上。

輝驚訝地一看，發現紅色石頭上刻了一個「懼」字。

「這該不會是七彩石之一？」

理玖興奮地問，輝有點困惑。

——我什麼都沒做。

「少年人，這是第一顆彩石『恐懼』，你克服了恐懼。」這時，響起一個聲音，長老突然現身了。

「第一顆紅色彩石具有活化生命力的效果。」長老看著輝說，「輝，你剛才將意識集中在丹田，用腹部呼吸，這是將意識集中在內心的簡單方法之一。日本所有的『道』，目的都是為了集中精神。武道、茶道、花道、書道，所有的『道』都是讓意識轉向自己內心的修行。人類的潛意識都連在一起，當意識集中在內心，就可以瞭解透過潛意識相連的其他人內心的想法，所以輝可以預測那兩個蜥蜴人的想法。很久以前，宮本武藏閉上眼睛，殺了吉岡組的七十個人，就是靠『心眼』看到了敵人的動向。」

「我剛才好像聽到聲音的那種感覺是怎麼回事？」輝問長老。

「那是源泉的聲音，是不是很偉大的聲音？有時候也稱為靈感，有時候也會以創意的形式出現。將意識集中在自己的內心，就可以接受源泉發出的訊息。」

「源泉？」

「就是所有一切的根源，通常稱為『宇宙』或是『偉大的力量』，這個世界的包羅萬象，無論人還是事物、所發生的一切，所有所有的一切都來自那裡，也從那裡消失。老夫和你們也都來自源泉。」

「什麼？完全聽不懂是什麼意思。」理玖不耐煩地說。

「大家都這麼說，比方說，源泉是大海，老夫和你們，還有動物、山和海，就連房子也都是大海中的一滴水。」

「大海中的一滴水？」輝越聽越糊塗。

「其實是稱為『一體』，雖然每個人都誤以為自己是單獨存在，但無論老夫還是你們，其實都是『一體』。」

「你是說，我和輝，還有長老你是一心一德的意思嗎？！太噁心了。」理玖皺著眉頭說。

「哈哈，一心一德啊。嗯，也可以這麼說，只要你們能夠理解就好。雖然老夫和你們是一體，但因為每個人都有肉體，所以會陷入彼此分離的錯覺。大海中的一滴水是大海的一部分，但人類往往會忘記這件事。每個人都是偉大源泉的分身，但有人忘記了這件事而感到痛苦。」

——如果我們都是『一體』，都一心一德。

如果我和理玖，我們和剛才的蜥蜴人都是『一體』。

這個世界上就不會有紛爭。

也不會有霸凌。

因為霸凌別人，就等於在傷害自己。

殺了別人，就等於殺了自己。

不，如果世界始終維持『一體』。

我就會從這個世界消失。

理玖也會消失。

媽媽也會消失。

老鷹也會消失，山和海也都會消失。

我、理玖、媽媽、老鷹，山和海，以及那兩個蜥蜴人也都會融為『一體』。

那會是怎樣的感覺？

嗯，搞不太清楚。

輝放棄思考。因為他腦筋已經一片混亂。

唯一確定的是，每個人從『一體』中分離，變成了『一個人』，變得孤單寂寞，開始相互比較，分優劣勝負，開始歧視和自己不同的人。為了到底屬於自己還是別人爭奪所有權，為此持續不斷地發生衝突，相互殘殺。

『人類在玩分離的遊戲。』

這句話浮現在輝的腦海。

這是來自源泉的訊息嗎？如果是『一體』，如果是不『分離』的狀態，就不會發生相互爭奪或是相互殘殺嗎？

如果說，『分離遊戲』就是忘記本來是『一體』而展開愚蠢的競爭或戰爭，為什麼源泉要開始這樣的遊戲？

既然在『一體』的狀態下，就不會發生悲傷，源泉為什麼讓我們參與這種沒有止境的遊戲，到底有什麼目的？

輝帶著急切的渴望，想要問源泉。

——如果我是你的分身，為什麼要讓我這麼痛苦？

為什麼要讓我生為妖怪？為什麼要讓媽媽窮得必須賣掉雞蛋花的戒指，而且還沒有工作？

為什麼？

我為什麼會活在世上？

我的生命有什麼意義？

輝緊握在手上的紅色彩石發出了光芒。

「如果你們真心想要得到聖櫃，就沒時間閒逛了。」長老一臉緊張的表情說，「你們即將迎接考驗的時刻。黑暗將軍湯瑪斯已經來到這座森林，剛才攻擊你們的蜥蜴人就是他的手下。」

「湯瑪斯？」理玖問。

「有一個富翁掌握了全世界的財富，湯瑪斯是那個富翁的爪牙。他們操控了世界經濟，全世界的財富都已經集中到他們手上，但他們仍然不知足，想要得到聖櫃，征服全世界。」

輝得知剛才對戰的對手不是普通的妖怪，而是在現實社會中掌握權力的壞蛋的手下，感到有點不知所措。

長老繼續說道：「聖櫃一旦落入湯瑪斯的手中就慘了。」
「會怎麼樣？」理玖難以理解地問。
「這個世界的價值觀會顛倒，以前認為的壞事會變成好事，善良會被人討厭。」
「這……是怎麼回事？」輝也插嘴問道。
「比方說，比起溫柔體貼，狡猾和壞心眼會受到肯定、受到稱讚。輝，比方說，你媽媽工作的地方，有一個老太婆專門欺負你媽媽，結果那個老太婆升了職，你媽媽什麼都必須聽她的。」
「怎麼會有這麼不講理的事！？」
「就是啊，以前認為蠻不講理的事會變成常識，小偷會變成有錢人，說謊的人會受到讚賞，殺人凶手會變成英雄。像湯瑪斯那種住在黑暗世界的人，會趁這個世界混亂的時候，以統治社會為名，像奴隸一樣支配他人，變成一個效率至上主義的社會。」
「大家都不會同意這種事！」
「你會這麼想也情有可原，但大部分人的意識做出的選擇，決定了社會的變化。如今，整個社會因為貧富差距越來越大，很多人內心都充滿憤怒和絕望。你認為這種情況發展下去，會變成怎樣的結果？」

「大家會想找目標發洩內心的煩躁和不安嗎？」

「沒錯，人們會把自己的不幸和不順遂怪罪社會，把憤怒的矛頭指向某個目標，這就是霸凌的構造。」長老注視著輝，似乎知道輝在學校遭到霸凌。

輝移開了視線。

對輝來說，遭到霸凌這件事是「恥辱」，他不想讓任何人知道，更不想在霸凌者面前回想起這件事。

長老繼續說了下去，「湯瑪斯他們想要利用聖櫃的力量削弱好人的心，支配這個世界。」

「如果真的這樣……」理玖忍不住問道，「真・善・美或許就會從這個世界消失。」

「真・善・美？」長老似乎知道輝產生了疑問，所以繼續說明：

「『真・善・美』是被稱為立禪的弓道最高的目標，原本是古希臘的哲學家柏拉圖提出的，是人類在這個世界上最理想的境界。」

輝聽了之後無法想像，如果這個世界沒有「真．善．美」，會變得多麼荒謬和醜惡，就好像太陽從這個世界消失一樣。

想到這裡，輝的腦海中浮現出一片他以前從未見過的漆黑骯髒大海。像油一樣的黏稠液體覆蓋著整片大海，大量魚兒翻著肚子，浮在海面上。

他還看到森林都被砍光，猴子、野豬和熊都失去了家園，衝到街上。好像在看電影般，他又看到了下一幕。街頭發生了暴動，蜥蜴人把人一個又一個抓了起來，送上卡車。那些被抓走的人都是為追求和平、自由而奮鬥的人。小孩子都哭著找下落不明的父母，有些大人甚至從這些孩子身上搶奪金錢。

輝忍不住發抖。

這是源泉傳達給自己的訊息嗎？

源泉讓自己見識到，被黑暗將軍支配的世界，會變成這樣嗎？

輝為了逃避這種痛苦，想像著光球，用力深呼吸。

安心感漸漸回來了。

「你似乎已經掌握了融入源泉的方法，控制呼吸是融入源泉最快的方法。」

「融入源泉是什麼意思？」

輝想要問這個問題時，紅色彩石發出了更明亮的光芒。

「老夫希望你們可以找到聖櫃。你們這麼幼齒（年紀小），就勇敢對抗蜥蜴人，老夫第一次看到這麼純潔的人想要成為勇士。」長老雙眼用力地看著他們。

「長老，你不是源泉的朋友嗎？既然這樣，不是可以阻止湯瑪斯嗎？」

「是啊，剛才也應該幫我們一下！」

理玖表達了抗議，輝也一起責怪長老。

「這可不行，應該說，老夫做不到。」

「做不到？為什麼！？」理玖難以理解地問。

「源泉沒有善惡之分，隨時保持中立，所以想要尋找聖櫃的人必須靠自己通過考驗。老夫所能做的，就是向你們提供成為勇士的智慧。」

「像我這樣的人也可以成為勇士嗎？」輝戰戰兢兢地問。他覺得自己根本不可能成為勇士，但也絕對不希望這個世界被壞人支配。而且，源泉帶給他之前從來沒有體會過的力量，他回想起自己在那個光球內呼吸時舒暢的感覺，覺得自己比以前有所成長，也產生了勇氣。

「能不能成為勇士，關鍵在你自己。路是為有決心成為勇士的人而開的，首先要有決心。少年人（年輕人），夢想不是為了做夢而存在，而是要為夢想而活。」

「我要成為勇士。」輝情不自禁說道。他並不是經過深思後做出這樣的決定，而是好像有一股巨大的力量影響了他，讓他說出了這句話。更奇怪的是，這件事似乎很自然，好像很久以前就已經決定了。

但是，在說出口之後，「我不可能成為勇士」這種完全相反的想法強烈地湧上心頭。自己甚至無法為保護老鷹奮戰，再次遇到蜥蜴人時，沒有人能夠保證自己不會拔腿就逃走……

長老跳了一下說：「說得好！為夢想而活的第一步，就是大聲宣告。把內心的決心說出口，在說出口的同時，內心就會產生妨礙的想法和感情，千萬不能讓這些負面的意見掌握主導權，要持續宣告。『我要做，我可以做到』，每次出現『我做不到』的想法，就要告訴自己『我可以做到』、『I can do it！』，而且告訴自己的次數要比負面想法多好幾倍，為自己洗腦。很多人雖然有想做的事，卻用『我沒錢』、『我沒時間』、『現在還不是時候』、『等我做好充分的準備再說』等各式各樣的理由而遲遲不採取行動。這是因為他們知道，一旦採取行動，就會或多或少受傷害。採取行動，就是面對可能會失敗的恐懼，必須做好會受傷的心理準備。只要鼻屎大的勇氣就好，只要踏出一步，就會得到超過自己所受傷害的獎賞。而且，只要踏出一步，就會持續走下去。不踏出第一步的人，一輩子都會停留在原地。敵人就在自己內心，首先要克服內心負面的自我。」

輝回應了長老的這番話，心情振奮起來，「我要成為勇士，要使用寶劍，讓善良的人能夠平靜過日子，然後找回媽媽的戒指。」說完這句話，他覺得勇氣好像戰勝了不安，內心感受著得到紅石的喜悅。

輝看向理玖，發現他露出挑戰的眼神看著自己。

「我不會把世界交給湯瑪斯，我在這個世界有自己想做的事。」理玖露出充滿堅定意志的強烈眼神宣言。

咻。

長老吹了一聲口哨。

「你們太了不起了！已經不再是膽小鬼了。」長老說完，敲了敲輝的腦袋繼續說道，「只不過不好意思，只有一個人能夠成為勇士，只有萬中選一的那一個人可以拿到聖櫃。」

長老看了看輝手上的紅石，又補充說：「如果半途而廢，離開這座森林，這顆彩石就會被沒收。你要記住這件事。」

輝發現理玖目不轉睛地看著自己手上的彩石，慌忙把彩石藏進了口袋裡。

「輝，你要一個人去找聖櫃嗎？」理玖冷冷地問他。

「什麼！？」

「不是嗎？無論再怎麼努力，如果沒有資格成為勇士，就失去了繼續的意義。如果你要獨佔那顆彩石，那我就放棄。」

輝聽到理玖這麼說，忍不住害怕起來。紅石雖然從天而降，落入自己手中，但因為理玖勇敢奮戰，自己才能看到光球，也才能聽到源泉的訊息。他無法想像自己一個人繼續這趟旅程。

理玖似乎看穿了輝內心的想法，「你有能力看到和聽到我看不到、聽不到的東西，我具備了你沒有的戰鬥能力。我們要不要齊心協力，一起去找聖櫃？」

「但是，長老說，只有一個人能夠拿到聖櫃……」

輝不知如何是好，理玖冷冷地說：「那你自己去啊。」

輝不知所措地回答：「……我們一起去，這顆彩石是我們兩個人的……」

長老看在一旁，露出微笑說：

「少年人啊，像鼻屎大的勇氣，可以讓偉大的夢想開花。」

# 第二顆彩石「橙石」

越走向森林深處，就越像叢林。陽光被樹木擋住了，所以森林內光線昏暗，而且有點陰冷。看到猴子和松鼠從鬱鬱蒼蒼的植物中跑出來時很興奮，但全長有五公尺的大蛇從他們面前經過時，輝很後悔剛才說要成為勇士。

理玖好像也嚇到了，「又是蜥蜴，又是蛇的，為什麼都是爬蟲類，我最討厭爬蟲類了。你去向源泉抗議！輝，你不是可以心電感應嗎！如果當面見到，我就要揍他一頓！」理玖沿途咒罵著。

輝覺得源泉應該不是能夠抗議或是揍一頓的存在，但理玖似乎認為源泉只是長老的上司大青蛙。

他們撥開樹木向前走，來到一個充滿陽光的空間。

輝再度感受到陽光的可貴，老鷹也興奮地蹦蹦跳跳。

「肚子餓了，來吃飯。」理玖坐在岩石上，從背包裡拿出袋子。

裡面裝著看起來很好吃的飯糰。

輝不安地低下了頭。

「你沒帶食物嗎？」理玖很受不了地問，「沒帶食物，還敢說要當勇士。」

理玖說得沒錯，所以輝無言以對。只要看理玖背包裡裝滿的餅乾和巧克力，就知道他做好了充分的準備來探險。

輝的書包裡只有課本、筆盒、畫畫用的素描簿和蠟筆，都是對探險沒有任何幫助的東西——

「吃吧。」

輝抬頭一看，發現理玖把飯糰遞到他面前。

「！……為什麼？」

輝感到納悶不已。理玖應該討厭自己，自己在之前的球技比賽中失誤後，理玖和其他人就一直霸凌自己。

「因為萬一你昏倒會拖累我。更何況雖然有點不甘心，但只有你能接收到源泉傳遞的訊息。」

「只要你將意識集中在內心，也可以聽到。」

「我並不想聽。」
理玖說完，把飯糰丟給輝。
「……謝謝。」
「老鷹！」
原本追著巨大蝴蝶嬉戲的老鷹立刻衝了過來。
理玖用最後一個飯糰餵老鷹吃的時候問：
「為什麼牠叫『老鷹』？這個名字也太奇怪了。」
『老鷹』是爹地取的名字。
輝轉述了從媽媽那裡聽來的故事。
老鷹來家裡時還是一隻小狗，爹地和媽媽帶牠去海邊。他們拿出三明治，正打算吃午餐時，一隻老鷹以驚人的速度從上空飛過來，搶走了媽媽手上的三明治。
媽媽大驚失色地叫了一聲：「老鷹！」
一旁的小狗竟然搖著尾巴「汪！」了一聲。
爹地覺得這一幕很有趣，於是就說：「好，從今天開始，你就叫老鷹！」

輝在說這件事時，忍不住感到心痛。不知道為什麼，每次想起爹地和媽媽以前的快樂時光，就覺得無法呼吸，很想大哭一場。

「你爸爸是美國人嗎？」

「嗯……」

「在橫須賀基地工作嗎？太帥了。」

「呃，我也不知道，現在應該在美國。」

「為什麼你不知道？」理玖一臉難以理解的表情問。

「媽媽和爸爸離婚了，現在沒有聯絡。」

「是喔。」理玖沒有再說話。

輝感到很不自在，所以就衝了出去。

「喂！」理玖叫著他，但輝沒有停下腳步。

這是他第一次把爹地和媽媽離婚的事告訴別人，他現在不想看到任何人。

剛才專心吃飯糰的老鷹追了上來。

輝在茂密的森林中不停地向前走，樹枝不時刮到他的臉頰。

疼痛的感覺讓他感到舒服，似乎可以緩和內心的疼痛。

這時，他聽到嘈雜的人聲，立刻躲進樹後。

接著，他屏住呼吸，悄悄走向傳來人的動靜的方向。那裡是陡峭的懸崖，嘈雜聲似乎是從下方傳來的。輝小心謹慎地向下探頭張望，發現那裡是一片空地。

那片空地上站了幾十個、幾百個士兵。

「那些人是怎麼回事……？」輝大吃一驚，探出身體想要看清楚，頓時愣在那裡。

那些士兵都是全副武裝的蜥蜴人。除了拿著剁肉的菜刀以外，有些人肩上還扛著機關槍。

輝嚇得臉色發白，察覺身後有動靜，緊張地回頭一看，追上來的理玖臉色鐵青地趴了下來。

「這下真的慘了。」

「所以我們必須對付這麼多敵人……」輝小聲說話時的聲音發抖。

他很希望理玖說：「沒這回事。」但理玖非但粉碎了他一線希望，而且還說了更可怕的事。

「如果他們的目標是聖櫃，你手上的彩石是打開聖櫃的鑰匙之一，所以他們會先鎖定你。」

「！」輝原本就蒼白的臉嚇得更白了。

「快逃！」理玖和輝用最快的速度拔腿跑了起來。

理玖跑得很快，輝費了很大的力氣才能夠勉強跟上他。

當他們跑到離蜥蜴部隊有相當一段距離的地方時，長老突然出現在前方。

「你不要嚇人好不好？你想把我們嚇死嗎？」理玖向長老抗議。

輝勉強能夠呼吸，完全無法說話。

「沒時間了，雖然為時太早，但老夫要告訴你們一件重要的事。」長老緩緩地說了起來，「你們看到一大群全副武裝的蜥蜴部隊，是不是嚇到了？」

輝和理玖用力點著頭。

「但可以說，這是你們內心創造出來的。」

「內心創造出來的？」輝皺起眉頭。

「是啊，這個世界上出現的所有現實，都是你們內心世界的體現。先有心，也就是先有思考和心情，思考的內容才會在眼前變成現實，成為人類『活生生』的『體驗』。」

因為長老說的內容太費解了，輝和理玖困惑地互看了一眼。

「思考的內容……因為我在想那個蜥蜴人，所以那些人才會出現嗎？」輝忍不住問道，理玖模仿著那些叛逆的壞學生調侃老師時的語氣說：「我們才沒有創造那麼噁心的蜥蜴人。」

長老不理會他，繼續說了下去。

「也許你們不相信，在這個世界，你們相信什麼，就可以改變現實。電影是影像投在銀幕上，那些影像就是你們的現實，放映機用的膠片就是心。心裡想什麼，就會看到怎樣的現實。所以說，你們只是在體驗自己的思考。」

「所以說……只要改變思考，就可以改變現實嗎？」理玖用完全不相信的語氣問。

「沒錯。」

長老充滿確信地點了點頭，注視著輝。

「輝，你拿到那個紅色彩石時是怎樣的心情？」

「……很害怕。以前一直覺得自己很遜，什麼都做不到，但有了紅色彩石後，第一次覺得也許自己可以做到某些事。」

輝握緊了紅色彩石說。

長老轉頭看著理玖。「理玖，那你呢？彩石被輝拿走時，你是怎樣的心情？」

「我……」理玖轉過頭，不願面對輝的視線，繼續說了下去，「我要拿到第二個，絕對要拿到。」

「是不是很不甘心？」

「沒什麼不甘心。」理玖不悅地回答，聲音顯得有點煩躁。

輝發現理玖在生氣。他勇敢奮戰，卻沒有拿到第一顆彩石，反而是自己這個躲在樹後發抖的膽小鬼得到了彩石。他無法接受。

長老說：「理玖，你這種『懊惱』、『火大』的心情，創造了無法得到彩石的現實。」

「你在說什麼屁話！因為無法得到，才會這麼想啊！根本顛倒了嘛！」理玖強烈反駁。

「很可惜，並不是這樣，大家都有很大的誤會，以為是因為無法得到彩石，所以才會『懊惱』，才會『火大』，但事實剛好相反。因為先感到『懊惱』和『火大』，才會像放映機的膠片一樣，出現在現實的銀幕上。」

「任何事都這樣嗎？」輝難以接受地問。

「任何事都這樣。這個世界上所發生的所有現實，都是先有思考。心和意識創造了現實，瞭解這一點，是成為勇士的條件。」

理玖露出難以接受的不服氣表情，但沒再說什麼。

輝陷入了混亂。

——如果所有的現實都是自己的心創造的，媽媽和爸爸離婚，也是媽媽創造出來的嗎？雖然媽媽很難過，但是因為媽媽先感到難過，所以他們才會離婚嗎？

我會遭到霸凌，也是因為我覺得「很痛苦」、「很難過」、「很火大」、「我果然不行」，還有「悲慘」……啊，根本數不完。是因為我先有這種想法，才會遭到霸凌嗎！？因為家裡太窮，付不出營養午餐費，媽媽只好變賣她心愛的戒指也一樣！？

我頭髮是藍色，也是因為我的心創造的嗎！？

「不可能！」輝從來沒有用這麼堅定的語氣反駁過，「我並沒有期待發生在我身上的各種事！根本沒有想過，怎麼可能希望那些事發生！」

「對啊！我也沒有期待！我死也沒去想那個蜥蜴人！」理玖也表示同意。

「雖然沒有期待，但是曾經擔心啊？輝，你一直都在擔心，如果家裡越來越窮，媽媽會很不幸，到底該怎麼辦？」長老看著輝。

「至於理玖，你隨時都擔心自己會輸，所以整天都很不安。」長老看著理玖說。

輝和理玖都看到了自己內心的黑暗，不知所措地陷入了沉默。

「不光是期待，擔心和煩惱也都是思考，至於什麼會變成現實，由『總量』來決定，你們想得最多的事會變成現實。」

長老用熟練的語氣說了下去，好像至今為止，已經說明過幾千次、幾萬次了。

「但是，很多人往往沒有察覺自己在想什麼，這是因為意識由自己能夠認識到的顯意識，和無法認識到的潛意識這兩個部分組成。正如心理學家榮格所說，以冰山來比喻，意識中能夠自覺的顯意識，只是露出海面的一小部分，潛意識隱藏在海面下。也就是說，顯意識只有百分之三而已，即使在顯意識中認為自己很出色，在剩餘的百分之九十七的潛意識中認為自己不行，就會蒐集各種自己不行、做不到的證據，結果就發生了這樣的現實。而且，在這個物理的世界，思考需要時間才能變成現實，這種時間差導致大家沒有發現自己的思考創造了現實。」

「既然這樣，不管做什麼都沒用啊。因為我怕輸，所以輸給了輝，沒有拿到彩石，不是嗎？」理玖自暴自棄地說。

「我也因為在煩惱家裡太窮，媽媽很可憐，所以最後媽媽只能賣掉戒指……」輝也垂頭喪氣地說。

長老教導他們說：「雖然是這樣，但現在你們已經知道了，就可以重新做出選擇。」

「重新選擇？」

「是啊，重新選擇思考。比起擔心和不安，『思考』很多自己想要做到的事，也就是增加思考實現夢想的份量。只要面對現實，就可以發現一些自己也沒有察覺的思考。如果有思考創造出某些自己不希望發生的現實，就可以重新改寫。改變思考可以改變什麼？可以改變你們的頻率。」

「頻率？」

「基本粒子是組成物質最基本的單位，這個世界上所有的東西，無論生命還是沒有生命的物質，都是由基本粒子的振動構成的。頻率就是將基本粒子的動向數值化的振動次數。所有物質都有各自的頻率產生振動，比方說，在城市和鄉下時，是不是感覺不一樣？這是因為可以感受到土地的頻率不一樣。收音機的電波可以透過頻率調到不同的頻道。同樣的，你們人類每一個人，在不同的時候，發出的頻率也不一樣。你們發出的振動是充滿喜悅，還是帶著害怕，就會創造出不同的現實。也就是說，你們具備了創造現實的力量，所以必須瞭解自己發出了怎樣的頻率和振動。」

『創造現實的力量』。

這句話讓輝的心情開朗起來。雖然剛才聽長老說，痛苦的現實是自己創造出來時覺得難以置信，也很生氣，但如果只要改變自己的心情和思考，就真的可以改變現實……就代表自己掌握了得到幸福的力量。

『自己』原來這麼強大有力。

輝雖然仍然有點半信半疑，但如果自己具備了無限的力量，他願意相信，也覺得內心湧起了希望。

理玖第一次聽說這些教誨，感到有點困惑。因為這些教誨完全顛覆了他以前相信的概念，和對事物的看法，當然不可能輕易接受。他很想反駁，現實絕對不可能是自己創造的。

但是……理玖忍不住想，如果沒有嘗試過，就判斷自己無法理解的事，就不可能有任何改變。長老說的話是真是假，只要實際測試一下就知道了。如果事情順利，那就太幸運了。更何況想要找到聖櫃，需要長老的協助。理玖暗自下定決心，只要能夠拿到聖櫃，他願意做任何事。

長老注視著他們，露出格外嚴肅的表情說：

「在這座森林裡，思考變成現實的速度比你們之前生活的世界更快，必須特別小心。而且因為黑暗將軍派來了蜥蜴部隊，你們會比其他探險者更艱辛。怎麼辦？要繼續下去嗎？現在還可以兩個人一起回到原來的世界。」

「我要去。」

「我也……要去。」

雖然輝很想逃回去，但聽了長老的教誨後，漸漸覺得像自己這樣的膽小鬼，或許也有機會改變。如果現在逃避挑戰，一輩子都會是「叔辣」。

「踏出第一步最害怕，就像準備走一座看不到前方的橋，必須具備充分的勇氣。但是，只要踏出那一步，就會發現橋就在自己的腳下。為後來的人架橋，這就是勇士的使命。」

長老這番話深深震撼了兩個人的內心，長老似乎察覺了這一點，對他們說：

「少年人（年輕人），帶著膽小的心，努力抓住夢想。膽小鬼勇士！」

然後，他和出現時一樣，突然就消失了。

輝和理玖再度出發前往虹峰。

走著走著，前方有一個很陡的斜坡擋住了他們的去路。爬上陡坡會很辛苦，但從方位判斷，這條路是捷徑。當輝這麼想的時候，理玖也說：「湯瑪斯的手下來這裡時，這個斜坡也會成為障礙。我們爬上去。」

輝點了點頭，帶著老鷹費力地爬了起來。運動能力超強的理玖爬這個斜坡也有點困難，輝滑倒、跌倒了好幾次，渾身是傷。

理玖站在坡頂上，看著慢慢爬上來的輝，納悶地問：「你剛才說，如果你拿到寶劍，你的願望是拿回你媽的戒指。」

「嗯，對啊……」

「為什麼不是為自己的事許願？你比你媽的日子難過多了，在學校也一樣。」

「我沒有關係。」

「為什麼！？」理玖不知道為什麼很生氣地問。

「因為我……是活該。因為我的關係，我們在球技比賽中輸了，其他同學當然會很生氣。」

「你腦袋破洞了嗎？」理玖很受不了地繼續說了下去，「那個長老老頭剛才不是說了嗎？內心的想法會變成現實，因為你覺得遭到霸凌是自己活該，所以才會有這樣的結果。」

「是啊，我也這麼想。」

「不是你也這麼想！每次看到你，就覺得很火大。」

「對不起。」

「道歉個屁啊，這就是你讓我火大的原因！你明明並沒有錯，卻整天覺得自己錯了，是不是這樣？」

「真的是我的錯。」

「才沒這回事。球技比賽時會輸，的確是因為你搞砸了，但也是因為我沒有安排好，所以我也有責任。而且，如果我們班可以多拿幾分，就不會有這樣的結果了。但為什麼只有你擺出一副責任都在你身上的態度，我認為這是一種傲慢。」

「啊？我哪裡傲慢了？」

「你整天悶悶不樂，覺得一切都是你的錯，所以才會被同學霸凌。」

這哪裡傲慢了？更何況你就是霸凌我的人！輝想要這麼反駁的衝動已經到了喉嚨口，但還是把即將脫口的話吞了下去。輝每次都這樣，無法說出自己的想法。

默默走了一段路，前方出現了岔路，分成左右兩條路。右側的路又是陡坡，相較之下，左側的路很平坦，樹木也不多，地面有斑駁的陽光。

「走這裡。」理玖走向左側。

輝停下了腳步。他隱約有一種不祥的感覺。

「怎麼了？」理玖回頭看著他。

「我覺得走右側那條路比較好。」

「為什麼？」

「我也不知道原因，只是有這樣的感覺。」

「是源泉這麼說嗎？」

「那倒不是，只是想到往右走，身體就變得輕鬆……理玖，你也試著體會一下。」

理玖左右比較了一下，「右側那條路又是斜坡，你又要跌得鼻青臉腫了。」

理玖這麼一說，輝就無法反駁了，只能跟在理玖身後，走向左側那條路。

不一會兒，那條路變成陡峭的懸崖。兩個人小心翼翼地雙手抓著樹枝，一步一步向前走。這時，輝腳下的岩石突然鬆動，他立刻伸手想要抓樹枝，但手在半空中掙扎，什麼也沒抓到。

「輝！」

理玖想要提醒他注意，但已經來不及了。輝從懸崖墜落，老鷹大聲吠叫著。

當他回過神時，發現自己墜落了谷底。懸崖在遙遠的上方，根本看不到。樹枝似乎發揮了緩衝的作用，所以從這麼高的地方墜落，他竟然還活著。

「理玖！老鷹！」他叫了好幾次，都沒有聽到回答。

「長老！長老！」輝因為太害怕，發出慘叫般的聲音叫著長老，但長老並沒有出現。四周充滿了寂靜，好像全世界只剩下他一個人。

輝閉上眼睛，用丹田呼吸，想像著光球，但等了很久，仍然沒有等到源泉傳遞的訊息。

太陽慢慢下了山，夜幕降臨，恐懼和寂寞讓他幾乎崩潰。這時，他發現背後有動靜，轉頭一看，發現黑暗中有好幾個紅眼睛閃著光。他渾身發毛，以為蜥蜴人發現了自己，但好像是狼群。這裡一定是狼窩。輝嚇得口乾舌燥，全身起了雞皮疙瘩，雙腿發抖地後腿，然後不顧一切地逃走了。然後靠著掛在書包鑰匙圈上LED燈和月光，繼續走向虹峰的方向。

白天也很昏暗的森林，如今伸手不見五指，他嚇得雙腳忍不住打結。但停下來更可怕，他很想放聲大哭大喊。

他一路擦拭著撲簌簌流下的淚水，不顧一切地往前走，終於走出了叢林，來到一條月光照亮的路。

他才剛鬆了一口氣，前方又有岔路。輝不知道該往哪裡走，停下了腳步。右側是凹凸不平的下坡道，左側是一片草原。他突然覺得應該走右側，因為想像自己往右走，身體就變得輕盈，只不過腦袋裡出現了反對意見。

「下坡路容易滑倒，而且那條路有很多岩石，萬一跌倒，又滾下去怎麼辦？」

輝猶豫了片刻，最後決定走左側那條路。

河水流動，河面反射著月光，他感到悲傷。

寂寞不斷侵蝕，但輝早就熟悉了寂寞。媽媽去上班，獨自在家裡的時候當然很寂寞，但在學校，和其他同學在一起時，寂寞的風更吹遍了整個身體。輝曾經無數次體會寂寞，但這時才第一次知道，當「寂寞」膨脹時，人會變得自暴自棄。

如果死亡可以逃避這麼強烈的寂寞，那不如死了算了……

正當他閃過這個念頭時，前方的天空飛來無數隻烏鴉，對著輝的頭展開攻擊。輝擔心牠們的尖嘴會刺到眼睛，所以把頭轉向一旁，結果臉頰被刺得疼痛不已，他當場坐在地上。為了保護頭，他抱住了腦袋，雙臂也遭到烏鴉無情的攻擊。

我不行了。我無論做什麼都不行……

這時，他想起長老說，在這座森林，思考會很快變成現實，要小心自己的想法……因為剛才覺得不如死了算了，所以才會吸引這種現實發生嗎？

這時，理玖和老鷹為了尋找輝已經精疲力竭，所以坐下來休息。雖然是夏天，但氣溫越來越低。

理玖去周圍撿樹枝回來。

「老鷹，對不起……一直找不到牠……」

老鷹心神不寧地走來走去，好像在找輝。

「今天晚上就先不找他了，走夜路太危險了。」

理玖把從背包裡拿出來的菠蘿麵包分給老鷹，摸著牠的頭說道。

「這可不行！老夫也要！」長老突然出現，抓住菠蘿麵包不放。

「長老！我一直在找你！」

「菠蘿麵包是老夫在這個世界上最愛的食物，真是百吃不膩。」

聽到長老悠然的聲音，理玖生氣地質問：「輝掉下懸崖了！你剛才都在幹什麼！」

「老夫知道啊，知道輝命在旦夕。」

「你明明知道，卻見死不救嗎！？」
「老夫無法幫他，也許那孩子並沒有資格成為勇士。」
「！？他不是快死了嗎！？你竟然說這種話！」理玖走上前，很想掐長老的脖子。
「理玖，你應該瞭解想做某件事，卻無法去做時的痛苦。」長老看著理玖的眼睛說道。
「……！」理玖說不出話，長老看穿了一切……
長老不理會理玖受到了打擊，繼續說了下去，「除非輝說要放棄，否則我無法出手。」
「但至少給他一點建議！」
長老搖了搖頭，「他必須傾聽自己內在的聲音。」
「內在的聲音？」
「沒錯。理玖，你棒球打得很好，在當投手時，怎麼決定要投什麼球？」
「先看捕手的暗號，但最後還是由我決定要不要投那樣的球。」
「你內在決定的要素是什麼？」

「這……我也不是很清楚，只是有這種感覺。不想投曲球的時候，即使勉強投了，也不會有好結果。」

「這就對了，你是問自己後做出決定，這就是聽從內在的聲音。」

「輝不是會聽到源泉的聲音嗎？」

「內在的聲音並不是指源泉這種偉大的聲音，而是身體發出的訊息，或者說是心靈的呢喃，也有人說是直覺，你不愧是優秀的棒球選手，所以能夠做到這一點，但是輝不一樣，他一直以來都看別人的臉色過日子。比起自己想要做什麼，他通常是因為別人都這麼做，所以他也跟著做。長久下來，就會喪失傾聽內在聲音的能力。對輝來說，目前正是緊要關頭，到底是找回這種能力，還是選擇一死了之。」

「怎麼會……！？不能想想辦法嗎？如果你不能幫他，我會努力去做，告訴我該怎麼做！」

「很可惜，輝只能靠他自己開拓命運。」

「他很膽小，又沒什麼力氣，如果源泉不幫他，他就慘了！」

長老用力瞪著理玖。

看到長老銳利的眼神，理玖的身體忍不住向後仰。

「思考會變成現實，你的想法可以幫助輝，但也會妨礙他。」

「我的擔心會把輝更逼入絕境……！？」

「你的『害怕』造成的擔心，會協助輝創造負面的現實，但『愛』就是祈禱他平安無事，祈禱可以把擔心昇華為正面要素，祈禱就是強烈的希望。」長老說完，抱著菠蘿麵包消失了。

理玖目瞪口呆，但隨即乖乖閉上眼睛……

老鷹在一旁發出「喀嗯」的聲音。

意識漸漸遠去。

自己會這樣死去嗎？輝的腦海中浮現出這個念頭。

好寂寞……媽媽……我好想媽媽……

河面閃閃發亮。是反射了月光嗎？當輝這麼想時，發現河面映照出媽媽花梨的面容。她在面試，應徵超市的工作。剛才低頭看履歷表的老頭笑咪咪地說：

「你是單親媽媽？晚上可以上班嗎？我們超市缺晚班收銀員，真傷腦筋。」

老頭的視線從花梨的脖子一直向下移。

「徵人廣告上徵的是白天班的工作人員。」

「所以呢？」老頭不懷好意地打斷了她。

「不好意思，因為我兒子還在讀小學，所以晚上有點……」

花梨對老頭肆無忌憚的視線感到手足無措，但還是這麼回答。

老頭咂了一下嘴，「拖油瓶的母親就是麻煩，所以我很討厭。你是不是把工作看得太簡單了？你為什麼會離婚？是不是外面有男人？」

老頭豎起左手的小拇指問。

「不……」

「真可憐，我難以理解為什麼會有男人離開像你這麼漂亮的女人。」

花梨不知所措，老頭漲紅的臉上泛著油光，然後一副施了什麼大恩的態度說：「好吧好吧，那就特別錄用你。你一個人養孩子很不容易，晚上一個人睡是不是很寂寞？」

「不，我有兒子陪我。」

老頭似乎對花梨的反駁感到很無趣，突然皺起眉頭說：

「就是因為有你這種人，所以才傷腦筋。一下子說沒辦法加班，一下子又說小孩子發燒要請假，好像是理所當然的權利。」

「我沒說是當然的權利……」

「真是搞不懂，工作和孩子到底哪一個更重要？你覺得呢？」

花梨坐直了身體回答說：「工作很重要，但我認為不能和養育孩子進行比較。下班後回到家裡，看到孩子的臉，就會覺得身體變輕盈了。孩子會帶給我努力工作的動力，正因為有工作，才能夠安心養育孩子，我認為兩者都不能夠犧牲……」

老頭不滿地用鼻孔噴氣，「好，因為你很漂亮，所以都無所謂啦。你個性這麼倔強，也很討人喜歡，所謂漂亮的花都帶刺。你從今天開始上班。」老頭似乎放棄了顧忌，視線緊盯著花梨的胸部。

老頭的身體發出了漆黑的霧，即將吞噬花梨身上發出的粉紅色霧。

輝倒吸了一口氣。

——這就是黑暗將軍湯瑪斯找到聖櫃時會發生的事。

這種心存不良的老頭會越來越多，玷污像媽媽這麼心地純潔的善良人。

這種事……！絕對不能讓這種事發生！

媽媽為了養育我努力工作，因為我的關係，她和最愛的爹地離了婚——

我來到這個世界到底有什麼目的？

如果我現在死在這裡……我這一生，就只是因為藍頭髮而遭到討厭、遭人霸凌，為別人帶來不幸而已！我才不要！既然現在有機會，我想要改變！

輝從口袋裡拿出紅色彩石。上面刻著的那個「懼」字在月光下發光。

雖然自己沒有任何能力，卻拿到了這顆彩石。當時的喜悅，是只有挑戰者才能體會的特別感受。這種想法激勵輝站了起來。

他搖搖晃晃地邁開了步伐。

天色漸漸亮了，山的後方染上了一抹紅色。

雖然臉頰仍然疼痛，但緩和了幾乎把輝擊潰的寂寞。陽光向來是自己的好朋友，無論在多麼孤獨的日子，都會守護自己，照在自己身上。想到這裡，他身體深處湧現了深深的感謝。

太陽，謝謝你。這時，輝想到一件事，昨晚是月亮為自己照亮了道路。無論在多麼嚴峻的狀況下，都有援手伸向自己。自己沒有發現這件事，所以才會充滿寂寞。當他用這種態度觀察周圍時，覺得樹木都在對他說話。昨天那麼冷漠，讓他感到孤獨無依的森林，如今好像家人一樣歡迎他。

走了一會兒，又遇到了岔路。

右側是一片鬱鬱蒼蒼，好像叢林般的森林，左側是一片草原。

輝閉上眼睛，在光球內深呼吸。

要往哪裡走？他問自己。

想像自己往右走，身體頓時變得輕盈。

腦袋裡的思考開始碎碎唸。右側是叢林，搞不好又有蛇。

輝停下腳步，想像著往右走。不知道為什麼，突然覺得身體很沉重。他再度感受右側，發現心跳開始加速。

怎麼辦……？輝開始猶豫，這時，他想起花梨說「看到孩子的臉，就會覺得身體變輕盈了」這句話。身體變輕盈是好事。他決定相信這種感覺。

令他驚訝的是，當他走進右側的叢林時，發現身體越來越輕，甚至有一種高興得想要跳起來的感覺。

前方又出現了岔路。這次他當機立斷，馬上做出了決定。當他想像往右走，身體就感到雀躍興奮。

走了一小段路，前方開闊起來，出現了一座湖。

呼。輝用力吐了一口氣，全身湧現了好像起死回生般的生命力。

抬頭一看，發現理玖和老鷹走在前面。

「理玖！老鷹！」

「輝！」

汪汪！汪汪！

老鷹蹦跳著跑了過來，尾巴幾乎快搖斷了。

理玖也跑過來說：「也太久了吧！」

「對不起，讓你擔心了。」

「我怎麼可能擔心你，只是擔心彩石掉了，就傷腦筋了。」

理玖在說這句話時，心裡暗想著。雖然沒有擔心，但我為你祈禱。而且神明並不是只有基督而已，還有天照大神、象頭神、天使、女神、菩薩，我向所有能夠想到的神明祈禱了一整晚。

理玖因為昨晚睡眠不足，所以眼睛通紅。

輝說：「理玖，當我不知道該走哪一條路時，就選擇讓自己感到興奮的那條路，結果發現選對了！」

「這就是Don't think. Feel！」

「什麼？」

「不要想，去感受。李小龍說的話。」

「李小龍？」

「你不知道嗎？有線電視經常放他的電影啊，功夫電影的明星。啊啾！」

理玖用兩根樹枝當作雙節棍舉了起來，輝也模仿理玖的動作。光是這樣比手畫腳，就覺得自己變強了，實在太不可思議了。

「啊將！」理玖假裝向輝挑釁。

輝巧妙地閃避，打向理玖。

和理玖這樣玩耍很開心，身體越來越輕盈。

興奮興奮興奮興奮興奮。

長老出現了，一隻手上拿著菠蘿麵包。

「長老，你怎麼還沒吃啊！」

「這麼好吃的東西，一下子吃掉太可惜了，要慢慢享受。」

長老說完，突然緊緊抱住了輝。

「興奮指南針動起來了。」

「……指南針？」

「是啊，每個人身體內都具備了這種指南針，只要選擇真理，身體就會很開心，變得很輕盈，會感到心跳加速，這就是興奮指南針。」

「嗯，我選擇了開心，所以找到這裡了！啊，對了，我之前無視興奮的感覺，走了另一條路，結果就掉下懸崖，吃了很多苦。」

「你以前一直迎合別人，所以你的興奮指南針變得很遲鈍。興奮和心跳加速是相同的能量，喜悅會讓人感受到興奮，不安和恐懼會讓人心跳加速。」

「難怪！」輝恍然大悟地說，「在決定要走哪一條路時，一開始覺得身體變輕了，但後來因為不安，心跳得很快，所以就很猶豫。」

「要多練習，一開始可以從小事開始練習。吃冰淇淋時，要選香草味還是草莓味。然後挑選能夠讓自己心動，感到興奮的對象，有時候也可以從失敗中學習。失敗是挑戰者才能得到的智慧來源。」

「智慧的來源？」

「每次失敗，經驗值不是就會比較高嗎？華特・迪士尼曾經被報社以『缺乏想像力』為由開除，愛因斯坦也沒考上大學。」長老撕了一塊菠蘿麵包放進嘴裡，大叫一聲：「人間美味啊！！！！」

真是奇怪的青蛙，太不『普通』了。但輝看著長老，突然覺得也許和別人不一樣也沒關係。

這時，一顆橙色彩石從天而降，落入輝的手上。低頭一看，上面刻的「寂」字在發光。

「第二顆彩石是『寂寞』，有了第二顆橙石，就可以深刻感受人生的喜悅和快樂。」長老說。

「又是輝！？怎麼會這樣！」理玖憤慨地說。

長老不理會他，繼續說道：「經常激動興奮，就可以療癒內心的寂寞。感到寂寞的時候，做自己喜歡的事，寂寞就會消失。」

「我原本就沒有需要克服的『寂寞』，所以拿不到彩石，太不公平了！」

長老看著大叫的理玖，意味深長地笑了笑說：「是嗎？真正的挑戰在看不到的地方。」

「少年人，帶著恐懼前進。恐懼無法影響夢想。」

長老說完，突然消失了。

輝握緊了手上的橙石。內心湧起深深的感謝，更勝於成就感和喜悅。

## 第三顆彩石「黃石」

湖泊對面就是虹峰，這座湖泊位在山腳下。

理玖和輝認為直接穿越湖泊最節省時間，於是他們開始找樹木，準備做木筏。他們拉下纏在樹上的藤蔓，編織成牢固的繩子，然後把找來的樹木用藤蔓繩綁起來，再用好幾片又大又彎的葉子綁在一起做成船槳。雖然每一項作業都很辛苦，甚至有點懷疑是否真的能夠完成，但最後終於讓木筏浮在湖面上時，兩個人都開心地跳了起來。

但是，只是簡單綁起來的木筏隨時可能沉沒，為了減輕重量，理玖要求輝把書包留下來。

輝不敢明確說「不要」，揹著書包，搖了搖頭。

「為什麼？裡面不是沒有任何能夠派上用場的東西嗎？我帶來的食物減少了，我們坐在木筏上也可以抓魚。」理玖用美工刀削著樹枝製作魚叉時說。

輝用哀求的語氣回答說：「這是我媽好不容易幫我買的……」

「這我知道啊，但我們要減輕重量，盡可能趕快去虹峰。否則湖面上沒有任何擋住視野的東西，可能會被湯瑪斯發現。」

「非搭木筏不可嗎？……如果要留下書包……」

輝用力握住了書包的背帶表達內心的拒絕。一方面是因為這個書包是媽媽送他的珍貴禮物，但更因為書包背面被人寫了「妖怪」兩個字。如果拿下書包，理玖就會看到那兩個字。即使那兩個字就是理玖寫的，他也不願意讓理玖當著自己的面看到。

「真是拿你沒辦法……那就試試看吧。」理玖終於放棄說服，走上木筏。輝和老鷹也站上木筏時，木筏搖晃了一下，幾乎快沉了。他們兩個人調整位置，努力保持平衡，總算把木筏划離了岸邊。

幸好沒有風，湖面很平靜，這艘破木筏應該還可以撐一段時間。兩個人繼續划著槳，這時，理玖突然鬆開了手上的槳，好像在忍著什麼疼痛般用左手摸著右肩。

「怎麼了？」輝問道。

這時，長老出現在木筏上，老鷹用力吠叫著迎接長老的出現。牠似乎認為長老和牠是同類。

「長老，這個木筏只能坐兩個人，如果三個人就會超重，木筏會沉下去。」

「忍耐忍耐，萬一沉下去，我也會游泳。」

「問題不在這裡！」

「小氣鬼！」長老雖然這麼說，但還是把身體懸在半空，他手上仍然拿著菠蘿麵包。

「湯瑪斯手下的蜥蜴人又大舉進入森林了，照理說，森林禁止任何人隨意進入，湯瑪斯似乎打開了入口的封印。這座森林也因為湯瑪斯的黑暗力量，瀰漫著不平靜的空氣，真希望你們其中一人趕快拿到聖櫃。」

雖然長老一臉嚴肅地說，但他手上拿著菠蘿麵包說這番話，看起來有點可笑。

「湯瑪斯一旦在這座森林內累積了力量，外面的世界也會受到影響，你們的家人也會遭到波及。」

輝很擔心媽媽，理玖不以為然地哼了一聲。

長老不理會他，繼續說了下去。「老夫要向你們傳授成為勇士的強大智慧。」

「是什麼智慧？」

「之前告訴你們，現實是反映思考的結果，是自己的頻率投射出現實，對不對？」

輝和理玖點了點頭，等待他繼續說下去。

「也就是說，如果想要實現夢想，只要先發出已經實現夢想的頻率就好。」

「先發出頻率？」

「沒錯。你們希望自己變成什麼樣，先寫下夢想的人生劇本，然後成為人生劇本的主角。」

「要怎麼寫？」

「首先先寫下『人生大綱』。『人生大綱』就是用一句話代表自己的人生。比方說，可可．香奈兒的『人生大綱』就是『雖然我是被父母拋棄，在孤兒院長大的窮孩子，但我的人生要成為成功的設計師，對女性的獨立有所貢獻』。用一句話總結，這個概念就容易深入潛意識，必須不斷告訴自己的大腦。如果要用一句話表達，你們希望自己的人生是怎樣的人生？」

「我……」向來立刻準備回答問題的理玖難得結巴起來。

「輝，那你呢？」

「我……」

「可以說你的夢想。比方說，因為藍頭髮而感到自卑的膽小少年成為勇士，借助和自己相連的源泉力量，做自己想做的事。」

輝驚訝地看著長老。原來長老知道自己是藍頭髮，而且也知道自己為這件事感到痛苦。

「藍頭髮？什麼意思？」

輝慌了神，想到萬一理玖得知了藍頭髮的秘密，就不由得害怕起來。為了阻止理玖繼續發問，輝開了口，「我想成為勇士，成為勇士之後……」但他不知道接下來該說什麼。

長老小聲地說：「成為勇士，對自己充滿自信，度過愉快的人生。」

「嗯……差不多、就是這樣。」輝吞吞吐吐著，他覺得自己不太可能做到，所以好像在說謊，感到渾身不自在。

「老夫上次也說了，這種不自在就是會阻止你實現夢想的負面信念。『我不行』、『我不如別人』、『我很笨』、『我不應該來到這個世界』……這些負面想法是不是根深蒂固？」

長老的視線移到理玖身上，輝鬆了一口氣。他覺得長老似乎洞悉了一切。

「打破這些負面信念的方法，就是充分成為這個角色，成為勇士。思考勇士會做出怎樣的選擇？勇士會說什麼話？做出什麼行為？會吃什麼？會選擇怎樣的朋友？要以勇士的角色生活，就好像演員扮演某個角色一樣，要充分融入那個角色，然後成為那個頻率。俗辣有俗辣的頻率，勇士也有獨特的頻率。只要改變頻率，俗辣也可以成為勇士。當然，受傷的英雄也可以恢復活力。」長老輪流看著輝和理玖說，「想要改變頻率，就必須改變思考，但改變行為、改變自己說的話是最快的方法。」

「改變行為——」

「想要成為有錢人，就要穿上有錢人穿的衣服。如果覺得太貴，可以用借的，要讓自己習慣穿有錢人衣服的感覺；想要當歌手，就去站在舞台上；也可以去心目中理想住家的樣品屋感受居住的感覺。如果想要結婚、生孩子，就去結交有孩子的媽媽朋友。要先發出那種頻率，只要做到這一點，有助於創造現實。勇士的言行是什麼？難道你覺得勇士會說『我不行』、『我做不到』嗎？」

「不會。」

輝覺得長老的教誨好像在玩「扮家家酒」，很有趣。長老似乎看透了他的心思，「因為地球是三度空間，所以頻率會以物質的方式呈現。這個行星是物質化的遊戲形成的遊樂園。想什麼、說什麼、做什麼，可以改變自己發出的頻率，創造出的事物也會因此發生改變。把人生大綱作為每天行為的指標，選擇能夠讓自己興奮的選項，符合你人生劇本的心動未來就會出現在你面前。」

長老確認自己說的話進入了輝和理玖的內心後，注視著他們說：

「少年人（年輕人），心動會帶來未知的夢。」

說完，又突然消失不見了。

輝在內心發誓，要盡可能像勇士一樣生活。或許會覺得好像在演戲，或許會覺得很虛假而感到厭惡，即使這樣，也勝過永遠當膽小鬼。

「理玖，午餐要捕魚，對嗎？」

「嗯……」理玖不知道為什麼閉上了眼睛，不太愛說話。

輝放下書包，用脫下的T恤蓋起來後，拿起魚叉，小心翼翼站起來，以免木筏翻覆。「我去捕魚。」

「你不是說，你對用魚叉捕魚沒有自信嗎？」理玖睜開眼睛，一臉狐疑地看著輝。

輝張開平時總是內縮的肩膀，挺起胸膛，像勇士一樣大聲地說：

「我相信我可以做到，所以要去捕魚了。」

「還真扮起了勇士，也太單純了。」理玖不屑地說。

輝振作起想要退縮的心，勇士不會因為聽到這種程度的揶揄就改變態度。

他揚起下巴，俯視著理玖說：「我會捕到好吃的魚，送給你當禮物。」說完，就撲通一聲跳進了湖裡。

輝覺得自己剛才說的那句話很做作，忍不住高興起來。只要覺得勇士只是「角色」，什麼話都可以說出口。不，搞不好什麼事都可以做到。

湖水又冷又混濁，視野很差。輝的後背感到不寒而慄，產生了退縮的想法，但最後咬緊牙關，在心裡對自己說：

「勇士不會害怕探險。」

剛才坐在木筏上，不時看到魚兒躍出湖面，如今卻完全看不到任何魚。他浮出水面，用力吸了一口氣，然後潛入更深處。

水裡有閃亮的東西緩緩移動。

他以為是什麼魚在發亮，游過去一看，發現發光的東西用力動了一下。看起來像是很大的尾巴。輝嚇了一大跳，拚命浮出水面。

「水裡有東西！好像是大蛇！」

輝臉色蒼白地說，理玖調侃地說：「勇士怎麼可以被蛇嚇到！海克力斯還是嬰兒的時候，有毒蛇攻擊他，他就笑著把毒蛇掐死了。」

「趕快回去岸邊！如果被牠的尾巴掃到，木筏馬上就會沉下去！」

輝差一點像平時一樣，膽小地發著抖，拜託理玖，但還是咬牙忍住了。因為他只是在短時間像勇士一樣說話，就覺得好像已經有了某些改變，所以如果現在說洩氣話，以後一輩子都無法改變自己。

一開始只是裝樣子也沒關係。要繼續演下去。

輝俐落地划著槳，原本很受不了地看著他的理玖也幫忙他一起划。

「你覺得長老那個老頭說的話是真的嗎？」

理玖問話時的聲音很嚴肅，輝目不轉睛地盯著他的臉。

「我才不相信只要扮演角色，就可以變成理想中的自己。如果事情這麼簡單，誰都可以過得很輕鬆了。」

「我不知道是不是真的，但我想試試看。」

「你為什麼這麼輕易相信？」

「因為……我什麼都沒有，不像你會打棒球，在班上也很受歡迎。我如果沒有來這座森林，就只是一個膽小鬼，以後也會一直是膽小鬼。即使試了之後沒有任何成果，我也沒損失。」

輝在說話的同時感到驚訝。因為他以前向來不會像這樣表達自己的意見。他對自己的感受、想法沒有自信，每次都把想說的話吞回去。輝對自己的這種變化感到高興，覺得湧起了力量。

原來『表達』充滿了力量。對了，「行為」和「發言」都是表達，只要用正面的方式表達，內在的力量似乎倍增。「表達」可能具有長老說的加強「振動」的效果——

回到岸邊，輝從書包裡拿出了素描簿和蠟筆開始畫畫。他無法克制內心湧現想要表達的衝動，在白色畫紙上畫出了成為勇士的自己手拿寶劍，和戴著戒指的媽媽，還有老鷹。勇士輝的頭髮當然是黑色的。因為勇士不可能是藍頭髮的妖怪。輝在心裡嘀咕。

他腦海中閃現了『願景』這兩個字，同時突然很想吃芒果。

輝好像在某種力量的引導下，畫下了結了很多美味芒果，幾乎把枝頭都壓彎的芒果樹。

結果，他一抬頭，就看到樹上結著和他的畫一模一樣的芒果。長老說，在這座森林內，思考會很快變成現實。

「理玖，你看！」輝指著芒果，想要和理玖分享源泉的智慧，但理玖看了一眼畫後說：「你好煩喔。」

「啊？」

「自己拿到兩顆彩石就得意個屁啊！如果像你這種膽小鬼可以變成勇士，那我的夢想就可以輕易實現。」

「嗯，我也這麼覺得！」

理玖明明是在諷刺，輝卻雙眼發亮地說：

「當然可以實現啊！因為思考和心可以創造現實，只要你真心決定的事，就一定可以實現！」

「……你是長老的信徒嗎？」

輝不理會他，繼續提議說：「你也來試試！理玖，你要在自己的人生劇本上寫什麼？你的人生大綱是什麼？雖然是醫生的兒子，但要成為有棒球才華的職棒選手嗎？」

「煩死了！」

理玖情緒激動地大叫，輝嚇了一跳。

「你別管我，我的事會自己處理。」理玖轉過身。

輝發現理玖的背影變得很小，忍不住感到困惑。

理玖無論在任何時候都比輝優秀，輝向來覺得他是無所不能的英雄。如今，他不知道為了什麼事感到痛苦。輝很想對他說話，但又不知道該怎麼開口。

輝開始採芒果，理玖也默默幫忙。

芒果裝滿了書包，樹上還有很多芒果。

「太驚人了，只是想像一下，就可以有這麼多水果。」

輝感動地說，理玖打斷了他，「我才不相信，即使改變思考，也根本不會有什麼效果。」

輝微微偏著頭。正因為自己也還沒完全相信，所以才想創造奇蹟，讓理玖也能夠相信。

輝又開始在素描簿上畫畫，他讓書包開始噴射，變成了火箭，然後自己坐上火箭，飛向天空。

理玖看了他的畫，用鼻子冷笑著，「怎麼可能會有這種好像童話故事的東西？」

「可不可以再畫一大堆菠蘿麵包？」長老再度出現了，「畫出願景，深深烙在腦海，有助於讓想法變成現實。」

「長老，你不是源泉的使者嗎？不也算是一種神嗎？你不需要拜託輝，也可以自己變出很多菠蘿麵包吧？」

「就是沒辦法啊……」長老極度難過地嘆息著，「力量不能用在自己的欲望上。」

「是喔，那還真不自由，但是，真的會有效果嗎？更何況即使扮演了角色，也完全沒有發生任何變化。」理玖不滿地說。

「你是說肩膀嗎？」長老皺著眉頭。

理玖把頭轉到一旁。

輝已經發現，理玖的右肩受傷了。雖然他是右撇子，但揮棒和划槳時都用左手，是為了保護右肩嗎？

「你有沒有想像肩膀治好的願景？」輝忍不住插嘴問。

「有啊！我也寫了人生劇本，也寫了人生大綱，也假裝肩膀治好了！長老說的事我全都做了！但根本沒有改善！照這樣下去，絕對不可能在全國比賽得冠軍！」

理玖的球隊即將參加全國比賽的決賽，只要得到冠軍，就能夠去美國賓州威廉波特參加世界比賽。之前球隊靠著理玖的活躍表現獲得了勝利，如果他受傷，就意味著球隊無法獲勝。

「理玖，以你的肩膀狀況，目前根本不應該參加比賽。」

長老難得用嚴厲的聲音說道，理玖低頭沉默起來，不願再抬起頭。

「如果你再勉強自己，你肩膀的情況會更加嚴重，醫生應該要求你再做進一步詳細的檢查。」

「我知道！唉，我知道！！我的肩膀出了問題，如果不及時治療，就要截肢！但如果被人知道，我就不能當先發投手了！怎麼可以這樣！長老老頭，你不是說，自己的心創造現實嗎！我根本沒有期待這種情況！我的夢想是當職棒選手，從小我就放棄一切，全心投入棒球，我怎麼甘心就這樣放棄！」

他忍耐已久的情緒終於爆發了。

長老瞇起眼睛，嚴厲中帶著溫柔，「理玖，你的肩膀現在不治好比較好。」

「啊！？為什麼！？我失去了一切！」

「想法無法變成現實只有一個原因，那就是不變成現實更好。可能是時機不對，或是那件事本身不切實際。源泉判斷，不治好你的肩膀，你的靈魂會學到更多。」

「學什麼啊！我才不要學這種東西！」

「也許你現在無法瞭解，但世上的『不幸』是通往『幸福』的路標，也可以說，『幸福』以『不幸』的樣子出現。你的靈魂將會有很大的收穫，把你帶到難以想像的高度，會讓你在事後感謝，如果沒有那件事，就不會有今天的自己。」

「我才不需要那種東西！我只要能夠打棒球就好！不需要更多的幸福！」理

玖生氣地瞪著長老。

輝也想插嘴為理玖說點什麼，但長老和平時一樣，留下一句話，就突然消失無蹤了。

「少年人，帶著恐懼前進，夢想必將讓你清醒。」

「幹！」理玖把左手上的芒果用力丟在地上。

又大又軟的果實被摔得粉碎，輝覺得好像象徵了理玖此刻的心。

「讓我一個人靜一靜。」理玖背對著他說完，走進了樹林。

老鷹「喀嗯」地叫了一聲，目送著理玖的背影離去。

輝目送理玖生氣離去的背影，在素描簿上畫了一幅新的畫。

理玖心灰意冷地走在樹林中。至今為止，他向來比任何一個同學更優秀，但來到這座森林之後，以前的方法失效了。已經有兩顆彩石落入那個腦殘的輝手裡，照這樣下去，也許聖櫃也會被他搶走。理玖內心越想越焦急。

理玖蹲下來抱著頭。

森林的寂寞滲進了他的身體。

真想回去打棒球。理玖發自內心地想像球場上的喧鬧聲，但是，一天比一天痛的肩膀告訴他，如果沒拿到聖櫃，就不可能繼續打棒球。

兩個星期前，他發現肩膀上有一個硬塊。其實更久之前，肩膀就會疼痛，他一直以為是增加投球練習造成的，沒想到原本很小的硬塊以驚人的速度長大。他沒有去父母經營的醫院，而是搭了高速巴士去橫濱看病。因為他無論如何都不想讓父母知道這件事。

診斷結果在前天出爐。硬塊是腫瘤。醫生一臉凝重的表情告訴他，這是罕見疾病。雖然醫生說了病名，但他記不住，只記得醫生好像在威脅般地說：「馬上通知家長，以目前的情況發展下去，腫瘤會越來越大，必須馬上動手術。」醫生當然禁止他繼續打棒球。雖然醫生這麼說，理玖已經決定，即使用生命交換，自己也要參加比賽。只要在小聯盟的全國比賽中獲得冠軍，能夠去參加世界比賽，一直反對他打棒球的父親也許會改變心意。而且，職業球探也很重視世界大賽，這是向夢想邁進一大步的好機會。

但是，以肩膀目前的狀態，有辦法投球嗎？

這時，他察覺到周圍有動靜，抬頭一看，一個披著黑斗篷的人站在那裡。那個人用假面具遮住了上半部分的臉，假面具上有兩個洞，洞的後方有一雙令人不寒而慄的眼睛。

假面具下的嘴巴動了起來，「理玖，我來接你了。」

「！？你是誰？」

「我是湯瑪斯。」

「黑暗將軍湯瑪斯！？」

「也有人這麼叫我。」

「你找我有什麼事？我和你是爭奪聖櫃的敵人。」

不知道是不是因為理玖已經自暴自棄，即使面對傳聞中稱霸世界的黑暗將軍，他也完全不感到害怕。

「你不是我的敵人，我們是站在一起的。」

「你說什麼？我對邪惡沒興趣。」

「真的是這樣嗎？討厭、憎恨、搶奪，這不都是你平時的行為嗎？」

「你說什麼！？」

「想要贏、想要得到認同，想要制伏別人，這是你整天都在想的事，這也是你努力打棒球和用功讀書的動力。」

「從你的嘴巴裡說出來，簡直連這種努力都變成了邪惡。」

「邪惡有什麼不好？欲望是能夠把人帶到更高境界的動力，只有忠實遵從的人，才能夠很快把握成功。你跟我來，我們分享彼此的力量，你可以憑你的實力，透過棒球，輕易征服全世界人的心。」

「你為什麼要找我這種小鬼？我真的搞不懂。」

「你要把另一個人手上的彩石搶過來。」

「你自己去搶啊，我不想變成你的爪牙。」

「這樣真的好嗎？照目前的情況，你會一輩子成為你哥哥的影子……不，如果你無法再打棒球，你將會成為你們家的恥辱。」

「幹！什麼嘛！你懂個屁啊！」

輝抱著裝滿芒果的書包趕來時，剛好看到理玖在罵黑斗篷的男人。看到理玖倔強的表情，輝停下了腳步。

黑斗篷的後背發出低沉的聲音，「我當然知道，因為是你內心的憎惡在呼喚我。」

「憎惡！？」

「沒錯！和各方面都很出色的哥哥相比，你這個弟弟太不爭氣了。」

「你說什麼！？」

「這不是我說的，而是你父母經常對你說的話。你要多學學哥哥。哥哥輕輕鬆鬆就做到了，你為什麼做不到？哥哥以後要考醫科大學，以後要當醫生，你打棒球有什麼用？哥哥像你這個年紀的時已經這樣，已經能夠那樣了，哥哥——」

「別說了！」理玖捂住了耳朵大叫著。

「你之所以抓著棒球不放，就是因為那是你可以超越哥哥的唯一機會。你哥哥對於按父母的要求成為醫生這件事沒有產生任何質疑，在全日本最好的高中輕輕鬆鬆維持頂尖的成績。你為了對抗哥哥，無論如何都必須成為全日本第一。只要你和我合作，就可以輕易解決和你哥哥之間那種無聊的競爭。可以如你的願，好好懲罰你哥哥，懲罰根本不愛你的父母。」

理玖抬起頭，看著湯瑪斯。他雙眼因為充血而變得通紅。

「我並不想超越哥哥……」

理玖想要否認，假面具下那雙眼睛露出銳利的眼神制止了他，「你不想？難道你沒有嫉妒哥哥，想要用嫉妒的暗火燒死你哥哥？」

因為被人說出了死也不想說出來的秘密，理玖的臉頰抽搐著。

假面具男人撇著嘴角，似乎覺得很滑稽地笑了起來。

「我……我……我哥哥——」

「你喜歡他？」

假面具男人看到理玖說不下去，厲聲打斷了他，「你應該受到更多認同，我可以引導你。」

「我……」

「聽好了，照目前這樣，你會輸給你哥哥，一輩子都將成為他的陪襯。」

理玖的臉因為憤怒而漲得通紅，他雙手握拳。湯瑪斯當然都看在眼裡，他拉起理玖的手，雙手捧著他的手，拉著理玖站了起來，然後用溫柔的聲音對理玖說：「跟我走。」難以想像他前一刻還用很嚴厲的聲音說話。

「理玖！」

理玖聽到叫聲回頭一看，發現輝不顧一切地衝了過來。

湯瑪斯從懷裡拿出手槍，無情地向輝扣下了扳機。

砰！

輝倒在地上。

「輝！」

理玖想要跑過去查看，但手臂被湯瑪斯抓住了，無法離開。不知道他纖細的手臂哪來這麼大的力氣，他用力想把理玖拉走。

「等一下！」輝站了起來。子彈打在書包的金屬扣上，所以並沒有打中輝。

這時，書包底部開始噴射，漸漸飛向空中。輝嚇了一跳，差點想要放開書包，但隨即想到這就是自己剛才畫的內容，所以拚命抓住書包，以免從空中掉落。湯瑪斯對準他連開了幾槍。

「住手！如果打中他，他就沒命了！」

理玖大叫著，湯瑪斯在他的耳邊小聲地說：「死了剛好，到時候，他的彩石就屬於你……你才是萬中選一，可以成為勇士的人。」

「住手！」理玖用渾身的力量甩開了湯瑪斯的手。

繼續聽湯瑪斯低沉而危險的聲音，一定會瘋掉。

「我懂了，你這個偽善的人。」湯瑪斯露出冷漠的眼神，把槍對準了理玖準備射擊。

坐在書包上的輝從上空用芒果丟向湯瑪斯。芒果砸在他的面具上，果汁濺進了他的眼睛。

砰！

一聲刺耳的槍聲，但子彈沒有打中理玖。

理玖逃進森林深處。

輝不停地用芒果砸向湯瑪斯。

「王八蛋！我絕對饒不了你！」湯瑪斯大叫著。

這時，電閃雷鳴，雷打在旁邊的樹上，風聲呼嘯，下起了傾盆大雨。暴風雨來了。

「這是感應我念力的暴風雨！只要我發怒，全世界就會毀滅！你給我記住，我絕對不會放過你！」湯瑪斯用帶著怒氣的低沉聲音說完，跳上了一輛不知道從哪裡冒出來的四輪驅動車。

輝看著離開時，仍然看著自己的湯瑪斯那雙眼睛。湯瑪斯的眼中有強烈的憎惡，讓他背脊發涼。

當輝鬆開書包落地時，發現腿上沾滿鮮血。子彈碎片散開時刺進了他的腿。

「嗚……」輝痛得皺起了臉，老鷹衝了過來，擔心地在他身旁打轉。

理玖跑了過來，「你該不會受傷了！？」

「好像是。」輝忍著疼痛，對他笑了笑。

理玖看了一眼「妖怪」兩個字，把書包撿了起來，然後背對著輝說：「上來吧。」

「啊？」

理玖對有點不知所措的輝說：「我揹你。」

輝遲疑了一下，之前從來沒有同學對他這麼好。

他問自己的內心。勇士會怎麼做？

『勇士會坦然接受他人的幫助。』內心這麼告訴他。

輝跳上了理玖的後背。

理玖走了起來。

暴風雨越來越強。

但是，輝的內心很溫暖，他發現原來接受別人的幫忙，內心會很溫暖。

老鷹一路吠叫，在前面帶路，理玖跟著牠來到一個洞窟。

幸好洞窟內有許多可以當柴燒的樹枝，理玖俐落地點了火，叫輝脫下濕衣服烘乾，然後從書包裡的筆盒中拿出鑷子，「我要幫你把子彈碎片拿出來，可能會痛……」

輝臉色蒼白地點了點頭。

「我真的嚇了一大跳。」理玖一臉認真地小心取出子彈碎片時小聲嘀咕，「即使在魔法森林，書包也不會飛吧。」

「我也嚇到了，但多虧了它，我們才能脫困……」輝輕輕撫摸著放在腿上的書包。

「你為什麼要救我……？」理玖在問話時故意不看輝的臉，「你可能會送命啊，為什麼還……！？」

「沒有理由，只是覺得應該救你，身體就自己採取行動了。」

「你不害怕嗎？」

「真奇怪……」輝發自內心感到奇怪，「可能是我卯足了全力，所以完全沒感到害怕。」

「所以，你叔叔不辣了。」

「啊？」

「長老不是說，膽小鬼就是叔辣嗎？」

「啊！對啊，我的叔叔不辣了！」

輝和理玖互看著。理玖噗哧一聲笑了起來，輝也笑了。兩個人莫名其妙地捧腹大笑起來。因為笑得太激動，受傷的腿碰到了泥土，輝忍不住皺起眉頭叫了一聲：「好痛！」這件事也讓他感到好笑，所以又笑了起來。終於擺脫了剛才緊張的戲劇性狀況，腦袋裡的螺絲似乎鬆了。

「輝，你去畫你腿傷好了的畫，畫出來之後，不是很快可以實現嗎？我也會想像。」

「理玖……？」

「那個叫願景的東西？比起一個人，兩個人一起展望應該更有效？」

「嗯，很快就會好，我知道。」

「你這個人還真單純。」理玖說完，又用嚴肅的聲音說：「也許是因為這樣，所以才會馬上有效。」

「啊？」

「你不是很單純地相信嗎？所以效果也比較快。既然思考會變成現實，當然是百分之百相信的人，比還有懷疑的人力量更強大。」

「啊，對啊！一定是這樣！我百分之百相信。」輝說完，又打開了素描簿給理玖看。那是他在理玖說想要一個人靜一靜，走去森林深處後畫的畫。上面畫的是理玖，在威廉波特的世界比賽中投球。他用力揮動肩膀，準備投威力十足的速球，完全看不出任何生病的痕跡。

「輝……」理玖的聲音有點嘶啞，「為什麼？你……為什麼……要做這種事……你這麼做，會讓我……」

理玖把頭轉到一旁，不讓輝看到他的臉。因為他的淚水即將滑落。

他把樹枝加進火堆，掩飾自己的情緒。

火立刻燒了起來。

理玖注視著火苗說：「輝，你是不是覺得……我藏了你的室內鞋……在你的書包上塗鴉？」

理玖突然問這個問題，讓輝不知該怎麼回答。

他的沉默代表了肯定的回答。

「不是我做的，但是，」理玖說完，跪坐在輝的面前鞠了一躬，「對不起，我袖手旁觀，沒有阻止就和霸凌同罪。我真是個爛人，對不起。」

輝覺得喉嚨哽住了，說不出話，茫然地看著頭幾乎碰到地上的理玖，視野漸漸模糊。他用力揉著眼睛，只要一開口，眼淚就會流下來。

老鷹似乎察覺到什麼，輪流舔著輝和理玖的臉。

理玖拿出手帕，用美工刀裁開後，做成了繃帶，包住輝的腿。輝的腿上有些地方有很大的傷口。

「受這麼重的傷……一定很痛吧……」理玖好像感受著這份疼痛似地說。

輝很感謝他的體貼，覺得似乎沒那麼痛了。

「對不起啊。」長老又現身了。

之前總是一派輕鬆的理玖忍不住質問：「老頭！你去哪裡混了！」

「喂喂喂，怎麼可以叫老夫老頭？不管怎麼說，老夫也是源泉的使者啊。」

「輝差一點沒命！湯瑪斯開槍打他！」

「老夫知道。」

「你知道！？你知道還袖手旁觀！？」

「沒錯。」

「為什麼！？如果你出手幫忙，輝就不會受傷了！」

「老夫之前也說過，一旦老夫出手，你們就會喪失成為勇士的資格。」

理玖拚命忍住了即將爆發的怒氣。

長老繼續說：「更何況老夫沒辦法和湯瑪斯在同一個空間。」

「為什麼？」輝納悶地插嘴問。

「因為湯瑪斯的頻率太亂了，老夫很脆弱，沒辦法和不同頻率的人在一起。」

「但我們見到了湯瑪斯。」

「因為你們身上有可以和湯瑪斯同步的頻率，有憎惡、怨恨、支配欲這些東西。」

「……」輝和理玖無言以對。因為長老說得對，自己並不是只有純潔的心，還有長老說的這些負面的感情。

「所以，頻率很重要。和壞頻率很強烈的人在一起，就會激發出自己內心負面的部分，而且不斷增強。相反的情況也一樣，如果和善良的人在一起，內心的慈悲就會產生共鳴而顯現出來，這和物理的情況一樣。充實的人有獨特的頻率，所以如果希望自己也很充實，就要和這種人在一起，讓自己也發出相同的頻率，於是，自己發出的振動頻率也會越來越充實，最後變成現實。這就是老夫今天早上告訴你們，要扮演自己心目中理想的角色。」長老一口氣說完，似乎有點喘不過氣，用力地吐了一口氣。

理玖站了起來，「我知道不能靠你幫忙了，既然這樣，我就要守住聖櫃，不能讓湯瑪斯得到。想到那種人支配世界，就感到很可怕。那種人竟然利用別人的弱點和欲望，試圖操控人心！我要創造一個所有人都能夠幸福生活的世界。」

輝覺得理玖昂首挺胸的樣子很美，覺得他充滿了勇氣。如果有「勇士的頻率」，應該就是理玖現在的樣子。

「說得好！」

長老瞇起眼說道。

這時，天空中飄下一顆黃色的彩石，被吸入了理玖的手中。

理玖驚訝地攤開手掌，發現彩石上的「怒」字閃著光。

「這……是怎麼回事！？」

「第三顆彩石是『怒』。理玖，你改變了憤怒的性質。」

「改變了性質？」

「這也稱為轉化，你學會了把憤怒變成動力。人類往往討厭憤怒的感情，或是因為這種感情而傷害他人，如果不懂得妥善處理，甚至可能造成危險，可見憤怒這種感情的能量有多強大。但是，只要妥善運用這種能量，就可以成為完成目標的巨大力量。第三顆黃色的彩石，有助於找回對他人和對自己的信賴。」

理玖驚訝地看向長老，「這代表我的憤怒不會再傷害別人了嗎？我一直很擔心，不知道什麼時候會爆發……」

「理玖，你已經學會了控制憤怒的技巧，沒必要再克制這種能量。因為你避諱，想要克制，所以才可能爆發，但其實只要妥善轉化，就不會針對任何人爆發。」

「太好了……」理玖發自內心鬆了一口氣，「我對拿我和哥哥比較的爸媽，和有時候很看不起我的哥哥超生氣，很擔心自己會傷害他們……不知道該怎麼辦，連我自己都感到害怕。」

輝這才發現理玖原來在擔心這些事，不由得感到難過，也深刻體會到，雖然理玖在自己眼中完美無缺，但他面對哥哥時感到自卑。這是因為他的父母經常拿他們兄弟進行比較的關係嗎？

——也許被迫和他人比較，覺得自己不如人時，就會在自己身上蓋上「失敗」的烙印。

如果這個世界上所有的人都是藍頭髮。

不，只要三分之一的日本人是藍頭髮。

也許爹地就不會討厭我天生藍頭髮。

如果是這樣，我就會喜歡自己嗎？

『喜歡自己』。

輝對心頭湧現的這句話感到戰慄。

因為他之前從來不曾有過這種想法。

因為一直以為，別人都討厭他，他也討厭自己。

這場探險旅行的確改變了輝，也讓理玖變得更加堅強。

他們兩個人都在成長。

然而，巨大的成長往往伴隨著巨大的痛苦。

就好像身高長高時，會發生「成長痛（Grow Pain）」這種劇烈的疼痛。
某種預感這麼告訴輝——

# 第四顆彩石「綠石」

暴風雨過後，輝的腿傷痊癒，沒有留下任何痕跡，簡直就是奇蹟。在這座森林內，思考的確很快就變成了現實。

理玖看到輝的腿傷痊癒，興奮地跳了起來，但他轉動自己的肩膀，忍不住愁容滿面。理玖的肩膀沒有發生奇蹟，是因為像長老說的那樣，肩膀維持目前的狀況比較好嗎？即使長老這麼說，理玖也難以接受。任何人都希望盡快消除痛苦和不愉快的事。

雖然長老說：「只要把『苦惱』視為『成長的糧食』加以接受，就可以消除一半的痛苦」，但輝覺得現在這種話無法安慰理玖。

輝和理玖帶著老鷹繼續朝向虹峰的方向前進。

雖然距離越來越近，但道路也更加險峻。

隨著他們走入森林深處，前面漸漸沒了路。

他們不停撥開樹枝，在密林中前進。因為路途太艱辛，他們漸漸不再說話時，原本因為陽光完全照不進來而變得昏暗、充滿濕氣的森林突然變得開闊。眼前是一片望不到盡頭的紅土平原。

奇妙的是，這片廣闊的平原上到處都是堅硬的巨大岩石，和像柱子般長方體的高大石頭，以及水泥塊，還有鐵製的巨大球體。石頭和岩石是天然的，但水泥和鐵塊這些人工的東西應該是有人搬來這裡。

到底是誰搬來這裡？

有什麼目的？

輝和理玖納悶地偏著頭。

就在這時，聽到遠處有女人的慘叫聲。

老鷹跑了起來，輝和理玖也衝了過去，看到一個十四、五歲的褐髮白人少女被五個蜥蜴人團團圍住，而且蜥蜴人拉住了她的手臂。

「Aiuto！（救命）」少女發現了他們，用義大利文大喊著。

「放開她！」理玖揮動著球棒，衝向蜥蜴人。老鷹也張嘴露出牙齒威嚇著，步步逼向蜥蜴人，但那幾個蜥蜴人並沒有放手，拉著少女，試圖帶走她。

蜥蜴人揮著很大的剁肉刀，理玖只能顧著保護自己，沒辦法接近那名少女。

輝手上沒有任何武器，他急急忙忙打開素描簿，畫了自己拿著機關槍開火的畫。

但等了很久，都沒有機關槍出現。

——為什麼！？

到目前為止，只有畫了理玖的肩膀痊癒卻沒有成真，其他畫的內容都實現了。

他腦海中想起了長老的話。「想法無法變成現實只有一個原因，那就是不變成現實更好。可能是時機不對，或是那件事本身不切實際。」

難道機關槍對我來說不切實際？的確，光是想像用機關槍殺人，就感到不寒而慄。

輝閉上了眼睛，避免被眼前的現實影響，內心產生焦慮。

他想像著光球。

用丹田深呼吸，和內心的寧靜連結。

然後問自己——

該怎麼辦？

這種時候，勇士會怎麼做？

蜥蜴人的剁肉刀發出咻咻的銳利聲音，對著輝的頭頂砍了下來。

就在這時，他急中生智。

剁肉刀鏘噹一聲，砍在輝剛才坐的石頭上，被砍碎的石頭四濺。

輝在千鈞一髮之際讓書包噴射，飛上了高空。

理玖正在下方和蜥蜴人奮戰，另一個蜥蜴人準備從背後攻擊理玖。

輝朝著蜥蜴人的頭頂急速下降！

然後用書包去撞蜥蜴人！

「完了！」蜥蜴人發出好像金屬般奇怪的叫聲倒在地上。

理玖也不甘示弱地用球棒打向蜥蜴人的後背，老鷹咬住蜥蜴人的腳。

輝一次又一次從高空衝下來，用書包攻擊蜥蜴人。

蜥蜴人被從高空以高速降落的書包攻擊嚇到，紛紛逃走了。

看到蜥蜴人逃走，少女似乎鬆了一口氣，隨即昏了過去，差一點倒在地上。

輝立刻衝過去，撐住她的身體。

少女臉色鐵青直視著輝。雖然她露出害怕的眼神，但可以感受到堅強的意志。她前一刻才遇到那麼可怕的事，此刻已經揚起下巴，挺直了身體。可見她有堅強的意志力。

「你沒事吧？」

少女點點頭說：「Tutto bene, Grazie」之後，改說流利的日文。「謝謝你們救了我，我向你們的勇敢致敬。」她像公主一樣帶著威嚴鞠了一躬。

理玖也帶著老鷹走到少女身旁問：「那些蜥蜴人為什麼要綁架你？」

「他們好像覺得我知道聖櫃在哪裡。」

「你嗎！？你知道嗎？」

輝問，少女點了點頭，「因為我花了兩年時間調查聖櫃的事。你們也來這裡找聖櫃嗎？」

「對，你該不會一個人！？」

理玖和輝想到這個少女一個人經歷了和自己一樣的危險冒險，驚訝地互看了一眼。

「我昨天在紐約的中央公園找到了入口，我花了好幾個月的時間才終於找到。」

「你從紐約來這裡！？」輝感到意外地問。

紐約是爹地的故鄉，輝的胸口一陣刺痛，好像被針刺了一下。雖然爹地離開已經好幾年了，現在遇到和爹地相關的事，仍然會感到胸口隱隱作痛。

「我叫艾莉卡，從義大利去紐約的中學留學，很高興認識你們。」艾莉卡自我介紹後，微微偏著頭。她有兩道濃眉，鼻梁很挺，還有漂亮的尖下巴，都襯托出格外有魅力的雙眼。

「你是義大利人，卻會說日文？」理玖問。

艾莉卡點了點頭說：「因為我喜歡學外文，對千利休也很有興趣，所以學了日文。」

「我叫理玖。」

「我是輝。」

他們也自我介紹後，艾莉卡注視著輝說：「你的書包超酷，那是從哪裡來的？」

艾莉卡直視的視線讓輝無法面對，只能移開雙眼。艾莉卡亮麗的外貌讓人難以靠近，卻同時具備了令人很容易親近的魅力。這種反差更令人心動。

「呃，我畫了畫。」輝緊張得說不出話。

理玖在一旁補充說明：「據說在這座森林，很容易心想事成。」

「果然是這樣。」艾莉卡對這個話題很有興趣，「畫畫可以讓願景視覺化，可以進入大腦，就能夠很快變成現實。」

「你太厲害了，什麼都知道。」

「我只是對物理有興趣，可以讓我看你的畫嗎？」

輝遲疑了一下，最後還是戰戰兢兢地從書包裡拿出了素描簿。

素描簿上畫了很多葉山的風景，大部分都是畫大海和大海對面的富士山。他使用的色彩脫離常軌，在畫紙上畫下了他感受到的一切。大海是從黃色到綠色的漸層，也有紅色的海豚躍出水面。富士山從山麓開始，是從紫色到藍色的不同顏色，有時候也有黑色。

「這些顏色太不可思議了……」艾莉卡翻著素描簿說道。

「是不是很奇怪？」輝誠惶誠恐地問。

「嗯，真的很奇怪！我從來沒見過這種顏色！」

「黃色的大海，黑色的富士山！不可能啦！」探頭看著素描簿的理玖也同意艾莉卡的意見。

「還給我。」

輝無法承受他們兩個人的批評，想要闔起素描簿。

「輝，你發現了嗎？你是天才。」

「啊？」

——她在說什麼？我是天才……？

「我從來沒看過這麼出色的畫！」

「但大家都說很奇怪……」輝結結巴巴地說。不知道為什麼，在艾莉卡面前比平時更緊張。

「的確很奇怪！但奇怪是一件很棒的事啊！這代表和別人不一樣！」

「什麼……！？」

——她說和別人不一樣是一件很棒的事……？

但是，媽媽一直告訴他，「要和大家一樣」、「不要引人注意」。

「據說在日本，如果和別人不一樣，就會過得很辛苦，大家都覺得齊頭並進比較好，尤其在學校或是公司等團體生活中，但是，天才不能甘於和別人一樣！要當怪人怪胎和宅男！因為一旦深入鑽研某件事，就自然會變成這樣的結果！天才怎麼可以和平凡人一樣呢？」艾莉卡一口氣說道，「我也是物理宅女，我讀小學的時候，就把物理學運用在經濟上，想要靠股票賺錢。義大利這個國家容不下我，我被排斥了，大家都說我不像小孩子。乖小孩都會扮演大人理想中的小孩，但這根本是在浪費時間，如果順應無腦的大人建立的社會，感性和能力都會變得遲鈍，太愚蠢了。」

艾莉卡停頓了一下，又充滿陶醉地看著畫。

「輝，也許是因為你的畫中有靈魂，所以才能很快實現。」

輝感動不已。竟然有人這麼認同自己。就好像自己原本屏息斂氣在深深的海底旋轉，耀眼的舞台燈光突然照在自己身上。

「謝謝。」輝小聲說出了發自內心的感謝。

「可以請你畫我嗎？畫我打開聖櫃蓋子的畫面。」

「我也在找聖櫃。」理玖半開玩笑地說。

「所以，我們是競爭對手嗎？」艾莉卡說完，輪流看著輝和理玖的臉。

理玖用強烈的眼神，目不轉睛地回望著她。

輝忍不住移開了視線。當艾莉卡看著他時，他不知如何是好。

艾莉卡說：「別擔心，我只想要聖櫃中的鏡子。我媽媽生了病……只要照那面鏡子，就可以長生不老。你們應該知道這件事吧？」

「我們只知道聖櫃裡有寶劍、鏡子和寶珠，寶劍可以實現勇士所有的願望。鏡子有長生不老的作用，那你知道寶珠有什麼作用嗎？」

理玖問，輝也用好奇的眼神看著艾莉卡。

「寶珠可以映照出歷史，可以映照出歷史中主人最想看的一幕。」

艾莉卡畢竟花了兩年的時間調查，非常瞭解聖櫃的情況。

「據說只有蒐集到七顆彩石的勇士可以打開聖櫃，但無論怎麼查，也查不到怎樣才能得到彩石。」

艾莉卡失望地說，理玖從口袋裡拿出黃色的彩石，「只要通過源泉的考驗，彩石就會從天而降。」

輝也拿出紅色和橙色兩顆彩石，三顆彩石相互吸引，一起浮在半空中，閃耀著更明亮的光芒。

「哇，好漂亮！」艾莉卡歡呼著，注視著彩石問：「源泉是什麼？」

「我們也不是很清楚，但好像是掌握這個世界的偉大力量，輝可以接收源泉的訊息。」

「是喔！？」艾莉卡雙眼發亮地注視著輝，伸手想要拿彩石。

「真是太美了！」

艾莉卡即將碰到彩石時，彩石立刻閃躲著，飛回了輝和理玖的口袋。

「彩石真害羞。」艾莉卡微笑著繼續說道，「你們兩個人蒐集了三顆，所以還有四顆。我們要不要一起合作？我想要鏡子，寶劍和寶珠可以給你們。」

「輝和我都想要寶劍。」

「是嗎？所以，你們兩個人才是真正的競爭對手。」說完，她噗哧一聲笑了起來，「高個子的理玖和小個子輝。」

聽到艾莉卡說自己「小個子」時，輝覺得也不壞。雖然以前很討厭別人說他「矮」，但艾莉卡說的話能夠為別人帶來勇氣。

想到這裡，輝的心臟發出了噗通的聲音。

艾莉卡鮮紅的嘴唇對著輝說：「你們真幸運，因為有競爭對手，可以引導你們走向一個人無法到達的境界。」

輝看著她的嘴唇，忘了要回答。

「輝，你怎麼了？」

「不，沒、有，啊啊啊、哇哇……」

艾莉卡滿臉笑容。

她的笑容太美了，簡直就像是難以靠近的冷酷冰花，突然綻放出鮮豔的花瓣向人招手。

「艾莉卡，對不起，輝不擅長和別人交談。」理玖為他解圍。

「所以他才能畫出那麼出色的畫。擅長用言語表達的人都會借助言語，輝不擅長表達反而是優點，這種自卑能夠提升繪畫的才華。我奶奶總是說，才華躲在自卑後。」

——啊啊，艾莉卡。

你的話簡直就是魔法。

我的心好像長了翅膀，快要飛出去了。第一次有人用這麼肯定的態度評論我不擅長說話這件事。

如果我的畫抓住了艾莉卡的心，用笨嘴來換取繪畫才華這件事就有了意義。

輝的內心充滿了想要告訴艾莉卡的話，但他當然無法說出口。

三個人帶著老鷹一起走在廣闊的原野。

無論走到哪裡，都看到很多奇怪的堅硬物體。

艾莉卡看著這片寸草不生的紅棕色景象說：「簡直就像在塞多納。」

艾莉卡告訴他們，塞多納是大地釋放出強大能量的能量景點，許多藝術家都去那裡尋找靈感。

中午時分，他們分別坐在小型岩石上準備吃午餐，熾熱的陽光照在身上，忍不住懷念起森林中潮濕的感覺。

輝和理玖的食物已經吃完了，艾莉卡說：「我請你們吃。」從背包裡拿出小拇指大的錠劑。

輝和理玖舔了舔錠劑，感到驚訝萬分。雖然只是小小的錠劑，卻可以嚐到各種不同的味道。先是玉米濃湯的味道，還有蘿蔓、起司、嫩肩牛排、覆盆子冰淇淋。舔了十分鐘左右，就覺得肚子飽了。

「這個太猛了。」

「也可以攝取營養，但幾乎沒有熱量。」

「美國有賣這個嗎？」

輝和理玖感嘆得瞪大了眼睛，艾莉卡調皮地笑了笑，得意地說：「這是我發明的。」

雖然她剛才說輝是天才，但她才是真正的天才。

她目前才十五歲，正在讀中學，平時住在宿舍。

「你為什麼選擇去紐約留學？」理玖好奇地問。

「我目前讀的學校名叫聖賽雷那，我們家的人都從中學就開始讀那所學校。」

「聖賽雷那該不會是那種超級有錢人讀的貴族學校？」理玖驚訝地問。

「理玖，你知道那所學校？」

「嗯，我爸媽正在討論中學要送我去哪所學校，幫我查了很多學校，聽他們說，世界各地那些超級有錢人都會去聖賽雷那，聽說還有學生從南美搭私人的噴射飛機去上學。」

「那是真的。我搭頭等艙去上課，大家也都用難以置信的眼神看我。在那所學校時，會深刻體會到，從不同的角度看世界，會看到完全不同的世界。有些人會因為同學搭頭等艙去上課，就覺得那個同學很囂張，有人嫉妒，有人羨慕，但也有人覺得其他不搭私人飛機上課的同學太可憐了。成長的環境不同、不同國家的人和習慣不同時，對幸福的標準也會不一樣。我深刻體會到，幸不幸福要由自己決定。」艾莉卡一臉成熟的表情說。

輝越來越崇拜艾莉卡。她不僅漂亮，有天才的頭腦，而且還瞭解世界，但待人很親切，完全不會目中無人。

「既然你在那裡，那我也想去紐約。」

理玖的聲音打斷了輝的沉思。

「好啊好啊！你一定要來，我們一起去看紐約洋基隊的比賽，輝，你也一起來。」

面對艾莉卡的突然邀約，輝只能低下頭。

理玖和艾莉卡談話的內容完全是不同的世界，輝的媽媽必須賣掉珍貴的戒指，才能湊出營養午餐費。

「艾莉卡，你也會去看棒球比賽嗎？」

「經常去，我很愛棒球。」

「真的假的！我的球隊目前已經進入日本全國大賽的決賽，如果得到冠軍，就要去參加威廉波特的世界比賽。」

「哇噢！你一定要得到冠軍來美國！我要介紹洋基隊的選手和你認識。我爸爸是洋基隊的球迷，和他們是好朋友。」

他們兩個人越聊越開心，輝卻越來越消沉。剛才被艾莉卡稱讚時的興奮已經完全消失了。

他突然覺得能夠和艾莉卡平起平坐聊天的理玖很成熟。

他能夠想像理玖面對洋基選手時的情景，即使見到明星選手，理玖也不會興奮得忘乎所以，更不會緊張得說不出話。

三個人中，只有自己繼續留在小孩子的世界。

他覺得一下子變回了探險之前的自己。自己是可有可無的人，完全無法加入他們兩個人的談話，連一句話也插不上。

不知道為什麼，他突然感到很浮躁。

「我口渴了，只可惜錠劑無法補充水分。」

艾莉卡從背包裡拿出一個小型儀器。那是搭載了攝影機的無人機遙控器，她說用來調查這座神奇森林的全貌。

「前面有一條河，等一下，我來分析一下那裡的水能不能喝。」艾莉卡用熟練的手勢操作著遙控器。

更令人驚訝的是，無人機上的攝影機還可以分析出拍攝到物體的成分。這當然也是艾莉卡發明的。

艾莉卡停下手說：「太好了！水質沒問題，味道也很好。」

「走吧！」

理玖站了起來，在艾莉卡面前伸出一隻手。艾莉卡握住了他的手站了起來。

簡直就像是電影情節。

向來都是高大英俊而勇敢的王子陪伴在美麗聰明公主身邊，笨嘴笨舌的臨時少年勇士只能躲在窗簾後面，羨慕地偷看他們。更何況如果被人知道少年是藍頭髮的『妖怪』，王子一定會拿出銳利的劍消滅他。

輝轉過身，背對著他們慢慢走了起來。身後傳來他們情投意合的談笑聲，明明不想聽他們的談話，卻還是忍不住豎起耳朵。他為自己感到悲哀。

理玖和艾莉卡從棒球聊到美術，正熱烈討論著輝勉強聽過名字的夏卡爾這位藝術家。

理玖什麼話題都能聊……

回頭一看，發現艾莉卡抬頭看著理玖笑了起來，理玖在艾莉卡的注視下，看起來比平時更充滿自信。

可惡！理玖這傢伙得意個屁啊！

輝越來越浮躁，忍不住想在心裡貶低理玖。

他滿心不悅地想要走進森林時，理玖叫住了他。「我帶艾莉卡先去森林散步。」

輝回頭看著理玖，理玖用不容他拒絕的聲音說：「你守在這裡。」言下之意，就是叫他不要跟著他們。

「好。」輝生氣地看著他們兩個人開心地走進森林深處。

理玖不知道說了什麼有趣的話，艾莉卡放聲大笑起來。就連她的笑聲聽起來很可愛，也成為輝生氣的原因。眼前有許多堅硬的岩石，讓他的心情更加惡劣。

——我被排斥了……我不想再和理玖說話了，我討厭他。

輝發現自己在內心大罵理玖，驚愕地坐了下來。

我怎麼了？好不容易和理玖成為朋友，現在竟然會討厭他！

這是他有生以來第一次有這種感覺，他陷入了混亂，不知道該如何排解內心湧起的強烈感情。

他無法停止和理玖比較，然後覺得自己很遜。

理玖個子比較高，功課比較好，長得帥，家裡又有錢。他很勇敢，力氣也很大，個性很溫柔……嗯，這一點倒是和自己差不多。理玖更喜歡艾莉卡。這點可能也差不多。艾莉卡更喜歡理玖。理玖比自己更能言善道。理玖的手指修長漂亮，理玖的肚臍形狀比較漂亮。

比較之後，發現是一勝五十六敗二平，輝輸給了理玖，輝只有畫畫能夠贏過理玖。

我不如理玖。這個認知幾乎把輝壓垮。雖然他剛從理玖在他哥哥面前感到自卑這件事上，學到了比較是造成自卑的元凶這件事……

「少年人（年輕人），在夢想成真時，會經歷多次考驗。」

輝突然聽到聲音，發現長老現身了。

「長老，我……」輝看著長老，說話的聲音幾乎快哭出來了。

「是嫉妒。」

「啊？」

「你目前的感情。」

「嫉妒？我嫉妒理玖嗎？」

「輝，產生嫉妒是好事。」

「好事！？這怎麼可能！我……」輝覺得太羞愧，不敢抬起頭。想到長老看穿了自己的想法，他就很想死。

「真希望理玖消失。」

「啊？」輝驚訝地看著長老。

長老露出調皮的表情，向他使眼色，「你剛才是不是這麼想？」

「太過分了……理玖是我重要的朋友……」

「那當然。你是不是覺得理玖擁有你所有想要的東西？很羨慕、嫉妒他，結果越想心越亂。」

輝點了點頭，「我第一次有這種感覺——」

「嗯，是啊。因為以前你甚至沒資格站上擂台，這代表你已經成長，已經能夠站在同一個擂台上和理玖較勁了。真是可喜可賀。」

「哪有……」

「你不相信？」

長老似乎覺得很有趣，探頭看著輝不敢看他的眼睛。

「嫉妒代表自己也能夠得到對方已經得手的東西，嫉妒越強烈，就代表下次相同的事也會發生在自己身上。」

「相同的事也會發生在我身上……」

輝想起理玖向艾莉卡伸出手那一幕。

自己伸出手，艾莉卡握住自己的手。

光是想像，他就忍不住心跳加速，但這種事真的會發生嗎？！

長老似乎察覺到輝並不相信，所以補充說：

「不相信也會發生在自己身上的人，會被嫉妒所困，做出醜惡的行為。嫉妒這種感情並不壞，被嫉妒所困而採取的行動才醜惡。怎麼樣？不妨覺得下次也會有好事發生在自己身上？」

「心情好像沒有再像剛才那樣不高興了。」

「輝，你很坦誠。坦誠代表心靈的土壤很肥沃，無論種什麼，都會長得很好，所以你要播下好的種子。」

「好。」

「你們在幹什麼？」

回頭一看，發現理玖站在後面。

「艾莉卡呢？」

「嗯，她說要去那裡散步找無人機。輝，剛才不好意思。」理玖在輝的耳邊小聲說：「因為艾莉卡想要尿尿……」

「啊？」

「所以剛才讓你一個人留在那裡。」

輝得知理由後，頓時感到很對不起理玖。

長老插嘴說：「你回來得正是時候，老夫要向你們傳授下一個重要的智慧。」

輝和理玖一臉嚴肅地站在長老面前。他們已經漸漸發現，長老的教誨的確發揮了效果。

「上次告訴你們，先有感情和思考，感情和思考的頻率創造了現實。」

「是。」

「對。」

兩個人同時點頭。

「雖然很容易誤以為是現實引發了感情，但其實相反，是感情創造了現實。通常會經過一段時間才變成現實，因為這種時間差的關係，所以不容易瞭解其實是先有思考和感情。老夫現在告訴你們擺脫感情和情緒的方法。」

「有辦法做到嗎！？」輝驚訝地插嘴問。

「你們現在回想一下讓自己感到不愉快的現實，輝，你可以回想一下剛才發生的事。」

輝想起了理玖和艾莉卡看起來親密無間，好像在排斥自己的事。

「在想起不愉快的現實時，胸口是不是會有某種感覺？」

「對。」

理玖回答，輝也點了點頭。
這就是剛才的感覺，長老說，那是嫉妒。
「然後觀察一下那種感情的顏色和形狀，」長老指著廣大平原上的石頭、岩石和水泥柱說：「這些都是感情和感覺有形化之後的產物，你們可以想像這種形狀，重要的是，必須又重又硬。」
「又重又硬……可以是很大的保齡球嗎？」
「可以，這種形狀是什麼顏色？」
「黑色。」
輝立刻就想像出來了，但理玖好像一直無法成功。
「如果無法想像出形狀，一定有某種理由。你討厭這種感情嗎？」
「當然討厭啊，誰會喜歡這種不愉快的感覺？」
「你是不是認為某個人或某件事的錯，讓你產生了這種感情？」
「是啊，但本來就是我哥哥的錯……幹，我沒辦法啦！」
理玖想要放棄，長老鼓勵他，「理玖，你哥哥和你的這種感覺沒有關係。」
「怎樣才能覺得沒有關係？如果可以做到，我簡直就是神了。」

長老笑了笑，「輝，理玖因為嫉妒哥哥，所以感到很痛苦。」

「才不是嫉妒，」理玖生氣地否認，「只是我爸媽整天都稱讚我哥，讓我覺得很火大。」

長老委婉地打斷了理玖的辯解，「輝等一下會告訴你嫉妒真正的意義。」

輝努力想像嫉妒的具體形狀。很大，而且越來越大，變成了無法看到整體的巨大鉛球。

「哇！好大！長老，變得比房子還大了！」

「沒關係，沒關係，無論再怎麼大，只要又重又硬，裡面很堅固就沒關係。」

輝靠著想像力感受著巨大球體的重量和硬度，發現原本壓在心頭的黑色不愉快心情漸漸消失了。

「然後雙手拿起……是想像中的手，所以無論再怎麼大，都可以拿起來……雙手拿到面前後，鬆開雙手。鬆手之後，用力深呼吸。」長老在說話時，張開了雙手，做出好像拿了什麼東西到胸前的樣子。

輝模仿長老，把想像中的巨大球體拿到自己面前。直徑十公尺左右的鉛球突然出現在眼前。

「哇噢！想像成真了！」

「做得很好，這樣就行了。」長老瞇起眼睛稱讚輝之後，又繼續說道，「在這座森林，想像的形狀一離開身體，就會變成實物。在你們原本的世界，就只能一直存在於想像的世界，不會變成真正的物體，但其實想像也有相同的效果。怎麼樣，你感覺心情如何？」長老問。

輝很驚訝，那種不愉快的感覺，沉重的嫉妒感情完全消失了，身體變得輕盈，呼吸也明顯變得輕鬆了。

「長老，發生了什麼事！？整個人都變輕鬆了，簡直難以置信。」

「頻率改變了，你再回想一下讓你產生不愉快心情的事。」

輝回想起理玖和艾莉卡親密無間的那一幕。

「咦！？」輝忍不住驚叫起來，原本不願想起的那一幕無法激發任何感情，變成了很普通的畫面。

「怎麼樣？原本不高興的事是不是變成了中立的事？」

「對！這招太猛了！」輝興奮地回答。

「是不是？這個方法雖然簡單，卻是擺脫感情的有效方法。一旦擺脫了感情，頻率就變得輕盈，也就是說，反映出來的現實也會發生改變。」

「一點都不簡單，我想不出顏色，也看不到形狀，完全無法理解為什麼感情會變成形狀。」

長老轉頭看向嘆著氣的理玖。

「感情無法變成顏色和形狀是有原因的，你是不是覺得那種感情不屬於你？感情也只是頻率和能量，任何感情都是中立的，沒有正面或負面之分。理玖，你不認為那種感情是中立的，所以才無法看到顏色和形狀。只有發生以下三種情況時，感情才會無法成形。①討厭這種感情。②在審判感受到這種感情的自己。③認為現實中的某件事，導致自己產生了這種感情。其實，你可以自己決定感情的顏色和形狀就是這樣。」

理玖大喊著無法讓感情成形，輝看著他，暗自鬆了一口氣。理玖也有因為嫉妒而感到痛苦的事，每個人都一樣，他從來沒有像這一刻感到理玖和自己這麼親近。

就在這時——

一顆綠色彩石從天空中劃著弧度掉落。

輝張開手掌接住了。

彩石上的「妒」這個字發光。

「這次的是『嫉妒』。第四顆綠石可以敞開心房，提升和他人之間的溝通能力。」長老瞇著眼睛，注視著輝說道。

——我克服了！我克服了那麼痛苦的「嫉妒」感情。

輝第一次體會到通過考驗的成就感，那是足以讓自己獲得彩石的重大考驗。

被「嫉妒」的感情支配時，輝覺得自己好像變了一個人，會用惡言惡語罵人，完全沒有一絲溫暖的感情，簡直就像魔鬼或是惡魔霸佔了自己的身體。原來一旦無法控制感情，就會變成失控的凶器。

想到以後不會再那樣悶悶不樂、嫉妒別人、憎恨別人，就不由得感到高興。

理玖看著在輝的手中閃亮的綠色彩石，羨慕地開了口，「輝，真羨慕你……我完全不行，只看到灰色，也看到了巨大的球體，只不過裡面都鬆鬆軟軟，份量一點也不重。」

「顏色、重量和硬度，這三點是關鍵。」長老說。

輝露出微笑，「理玖，我比以前更喜歡你了。」
「幹嘛！這種安慰也太噁了。」
「因為……因為我一直覺得你很完美，覺得你和我不一樣，是很厲害的人。」
「你現在知道我不完美，而且很廢，一定很看不起我吧。」
「怎麼可能？我知道我和你沒有不一樣，我們是同類，感到很高興。」
長老輪流看著他們兩個人說：「不完美才是完美。」
「聽不懂是什麼意思。」理玖越來越生氣。
「只要過一段時間，等你心情平靜之後，應該就可以想像出來了。」
長老同意輝的意見，「你說得對，一旦成形之後，就無法再感受到這種感情。在責怪對方，還在生對方的氣時，無法放下這種感情。」
「我可能真的還在生我哥哥的氣……」理玖小聲說道。
「而且啊，理玖，雖然大家都不喜歡自己煩惱和消沉沮喪，但這是面對自己的寶貴時間，這種時間絕對不會白費。除了對外的行動以外，面對自己內心的時間，也可以成為成長的寶貴食糧。」

「我知道了——」理玖迫不得已地點了點頭。

「艾莉卡去了這麼久才回來。」

輝看著森林入口，看到艾莉卡走了出來。

艾莉卡跑了過來，褐色頭髮隨風飄動。輝很希望可以畫下這個瞬間，急忙打開素描簿畫了起來。

艾莉卡上氣不接下氣，興奮地說：「我用無人機分析了這些石頭和岩石，發現都是和憤怒、悲傷、寂寞、嫉妒這些人類的感情相同頻率的能量，這可能是感情變成物體的奇怪現象。」她似乎覺得有了新發現，所以顯得格外高興。

「是啊。」理玖回答。

「理玖，你早就知道了！？」

「對啊，但我們球隊的領隊常說，光是知道，並不算是實際經驗。」

理玖轉過頭，打算把艾莉卡介紹給長老，發現長老不知道什麼時候已經消失不見了。

輝感到很納悶，「長老會指導我和理玖，但沒有人引導艾莉卡。為什麼會這樣？」

「應該是艾莉卡很聰明，不需要別人引導。」
「喔，對喔！長老看我們太弱了，所以忍不住向我們伸出援手！」
「就是這麼回事！源泉覺得如果不特訓一下，我們一定沒辦法搞定，所以就趕快派了使者！尤其是你。」
「理玖，你也差不多啊！」
「你才有問題啦！」
輝在說話時，覺得終於和理玖變成了真正的朋友。朋友就是相互平等，想說什麼都不必有任何顧慮。
——我第一次交到了朋友。
喜悅從內心深處漸漸湧現。
艾莉卡納悶地問：「輝，你遇到了什麼開心的事嗎？你看起來比剛才輕鬆、幸福多了，而且充滿自信。」
「嗯，我稍微喜歡自己一點點——」
輝這麼回答，艾莉卡注視著他，似乎覺得他很耀眼。
輝的心很溫暖，這是他從小到大最美好的一刻。

但是，那時候，他還不知道——
成為勇士沒這麼簡單。
成為勇士，就是重生。
人必須先死，才能夠重生。

# 第五顆彩石「藍石」

輝、理玖和艾莉卡帶著老鷹走進昏暗的森林，再度前往聖櫃所在地虹峰出發。艾莉卡用無人機探測後決定，為了避免被蜥蜴人發現，走森林裡的路比較安全。

離虹峰越來越近，已經可以看到山的表面，如果沒有發生意外，明天應該就可以抵達。

輝很擔心媽媽花梨。探險旅行已經進入第二天。長老說，在這座森林內的三天相當於原本世界的一天，如果不在明天之內找到聖櫃趕回去，媽媽到晚上還沒看到自己回家，一定會擔心得不得了。理玖家應該也一樣。

「艾莉卡，你最晚什麼時候要回家？如果太晚的話，你家裡的人會擔心吧？」輝問艾莉卡。

「雖然不會擔心，但還是要早點回去。」艾莉卡一臉憂鬱的表情說。

「你媽媽真令人擔心……」

「嗯，是啊。」艾莉卡皺著眉頭，似乎不想繼續聊這個話題。

理玖並沒有察覺，他邀請艾莉卡說：「艾莉卡，你可以和我們一起從葉山的出口回家。」

「葉山？聽說是有很多豪宅的漂亮地方。」

「如果你來葉山，我可以請你吃好吃得連眼珠子都會蹦出來的剉冰。」

「眼珠子會蹦出來是怎樣！」艾莉卡笑著說。

「那是用天然水製作的剉冰，淋上新鮮水果醬汁。」

「聽起來好好吃啊！」

艾莉卡發現輝沒有說話，問他說：「輝，你討厭剉冰嗎？」

「不，我……沒吃過。」

「我們一離開這裡，就馬上先去吃！」理玖說。

輝不置可否地點了點頭。理玖說的是那家每到夏季，就會大排長龍的剉冰店。

曾經有一次，他和媽媽說那家店看起來很好吃，於是去看了剉冰店門口的菜單。草莓牛奶剉冰八百五十圓，媽媽喜歡的宇治抹茶紅豆牛奶要一千圓。他和媽媽一看到價格，就忍不住垂頭喪氣。

媽媽說：「嚇死我了！我們家一天的生活費才一千圓！」雖然媽媽臉上露出開朗的笑容，但看到兩個比輝更小的孩子一人吃一碗巨大的剉冰時，忍不住露出了哀傷的眼神。

輝突然假裝肚子痛，「啊！我肚子好痛！」

「肚子痛的話，就不能吃剉冰了。」媽媽擔心地說，但似乎也暗自鬆了一口氣。

對輝來說，比起吃不到剉冰，讓媽媽難過更讓他痛苦。媽媽經常為錢的事苦惱——

「剉冰是我在義大利時最愉快的回憶。」

艾莉卡的聲音把輝拉回了現實。

「那是我讀小學一年級的夏天，我奶奶還活著，她臥病在床時，說想吃剉冰，所以我就拿了零用錢去買，但回到家時，袋子裡的剉冰都變成了水，我放聲大哭。因為我原本以為剉冰和棉花糖一樣，沒想到竟然會融化……」

「艾莉卡，你以前沒吃過剉冰！？」

輝發現艾莉卡和自己一樣，忍不住興奮地問。艾莉卡點了點頭，「因為我爸爸不喜歡那種在路邊攤買的東西，但當我看到剉冰變成水放聲大哭後，奶奶大笑起來……」

「為什麼這成為你愉快的回憶？」

「因為我奶奶那時候病得很嚴重，每天都要忍受疼痛。雖然她有很多興趣愛好，總是打扮得漂漂亮亮，但那時候整天都愁眉苦臉……我最喜歡的奶奶簡直就像變了一個人，讓我很難過。那一次，奶奶像以前一樣緊緊抱著我。那幾分鐘，奶奶擺脫了疼痛。我要去葉山，要吃會讓我眼珠子都蹦出來的剉冰。」艾莉卡說完，又小聲嘀咕說：「吃了剉冰，不知道能不能回到當年的我……」

「當年的……？」輝問。

艾莉卡抬起雙眼，似乎猛然回過神，然後像開玩笑似地說：「整天只想取悅別人、頭腦單純的傻妹。」

艾莉卡笑著說，但輝覺得她的聲音透露著哀傷，覺得自己是不是該說什麼重要的話，但又說不出任何話。

——我果然笨嘴笨舌。

輝拿出了素描簿，畫了艾莉卡和理玖、自己還有老鷹在一起吃剉冰，三個人和老鷹都大笑著。

艾莉卡看了那幅畫笑了起來，她說老鷹在笑的表情太真實了，「只有你能夠把狗笑的樣子畫得這麼栩栩如生。」

「輝，我不是吃草莓牛奶冰，我要吃桃子醬汁的剉冰。」理玖糾正了細節。

三個人面帶微笑看著畫，艾莉卡突然小聲地說：「希望真的有這麼一天……但是，能夠成為勇士的……」說到這裡，她沒有繼續說下去。

艾莉卡的這句話，讓輝想起了想要忘記的現實。

——即使能夠順利找到聖櫃，也只有一個人能夠成為勇士。

理玖可能會成為最後的敵人，到時候，我會怎麼做……？

理玖可能也想到了相同的問題，當輝注視著他時，他立刻移開了視線。輝內心產生了強烈的孤獨。

夕陽即將下山時，他們來到一個很適合過夜的洞窟。

當太陽下山後，森林內就會一片漆黑。他們決定趁現在趕快去找柴木，三個人分別走去不同的方向。輝帶著老鷹撿了很多樹枝，正準備往回走，老鷹輕聲吠叫著跑了起來。

「老鷹，你要去哪裡？」輝也跟著跑了過去，看到那裡有一條小河。月亮不知道什麼時候露了臉，河面在皎潔的月光下發著光。

輝把臉湊近清澈的水，洗去了汗水和泥水，感到很舒服。他雙手掬起水，正準備喝的時候，媽媽花梨的身影再度出現在河面。

花梨通過面試，馬上就開始在超市打工，把裝了葡萄酒的紙箱搬去超市門口正在舉行的限時特賣會。

「你動作快一點！限時特賣會都快結束了！」一個看起來是超市同事的老女人用嚴厲的語氣說完後，把另一箱葡萄酒放在花梨的手上，轉身離開了。花梨著急地跑了起來，但上面那個紙箱重心不穩，好幾瓶葡萄酒掉在地上摔破了。

「你在幹什麼啊！」店長老頭跑了過來。

「對不起！」花梨急忙收拾著酒瓶碎片道歉。

「你知道這些酒要多少錢嗎！你的薪水根本賠不起！」

「真的很抱歉！」花梨深深鞠躬道歉，老頭立刻伸手摸著她的背。花梨緊張得整個後背都僵在那裡。

老頭在她耳邊小聲說：「只要你願意在下班後陪我就好，你是不是很缺錢？」他色瞇瞇的雙眼注視著花梨。

花梨忍不住移開了視線。平時就很蒼白的臉完全失去了血色。

這時，一個戴墨鏡的女人從停車場的高級車上走了下來，對店長老頭說：

「上次我請你們訂的水果到了嗎？」

女人拿下了墨鏡，輝一看到她的臉，忍不住倒吸了一口氣。她是理玖的媽媽。教學參觀日時，她曾經來過學校好幾次，因為在大家面前說了特別的話，所以輝記得她。

「啊呀啊呀，醫生，謝謝你的厚愛，我正打算送去府上呢。」

理玖的媽媽說：「是嗎？那就拜託了。」說完，準備重新戴上墨鏡，輝看到她的手指，不禁愣住了。

因為她手上戴了一個雞蛋花的戒指，雞蛋花正中央的藍鑽石好像一滴眼淚。那就是媽媽的戒指。

輝祈禱媽媽不會發現，但花梨的雙眼緊盯著戒指。理玖的媽媽察覺了花梨的視線，微笑著說：「是不是很漂亮？我從來沒看過這種藍鑽，我在古董店的櫥窗裡發現了這個戒指。」

花梨用力點了點頭。她似乎太受打擊，好不容易才能做出這樣的反應。

輝握緊拳頭。「這是媽媽的戒指！還給媽媽！」他不顧一切地對著理玖的媽媽大叫，直到發現冰冷的河水已經淹到了胸口，他才終於回過神。

老鷹在河邊擔心地吠叫著。

河面的影像消失了。

「媽媽……對不起……對不起……媽媽。」輝哭著向媽媽道歉。

自己奪走了媽媽所有重要的東西。不管是爹地，還是外公、外婆，還有媽媽樂在其中的園藝、漂亮的手指、發自內心的笑容，連戒指也……輝覺得無法忍受，內心湧起無處宣洩的強烈憤怒，想要破壞所有的一切。

理玖和艾莉卡看到輝渾身濕透的慘狀，都嚇了一大跳。

「發生什麼事了！？」理玖和艾莉卡問了好幾次，輝都無法回答。雖然明知道理玖並沒有任何過錯，但一旦開口，可能會忍不住責怪他。

理玖俐落地用樹枝生了火，把輝濕透的衣服烘乾。

輝忍不住瞪著理玖的後背，發現艾莉卡一臉擔心地看著自己時，才慌忙移開了視線。現在他甚至無法和他們眼神交會。

老鷹蹲在他腳邊，好像在安慰他。他撫摸著老鷹的頭，憤怒變成了悲傷。

輝對自己因為莫名其妙的憤怒，想要攻擊第一次結交的重要朋友感到厭惡，但是，媽媽深受打擊的表情掠過他的腦海，他無法釋懷，也不想把這種心情變成顏色和形狀後放下。

深夜，其他人都入睡之後，他仍然睡不著，走到了洞窟外。原本在睡覺的老鷹立刻站了起來，跟著他走出洞外。

月光從樹木的縫隙中灑下。

輝抬頭看著月亮，弦月發出皎潔的光芒，難以相信月亮原本是球體。

他想起長老曾經提到源泉。所有的事物原本都是『一體』，是為「分離遊戲」，才會變成『個人』，加強了『自我』。

既然原本都是『一體』——為什麼會有不同？為什麼有人擁有，有人卻無法擁有？

是像長老說的那樣，只是因為「思考」和「想法」不一樣嗎？

有人貧窮，有人無法建立良好的人際關係，有人生病，都是因為「思考」造成的嗎？

他看著月亮陷入了沉思，身後傳來了說話聲。

「輝，你很適合月亮。」

回頭一看，艾莉卡站在那裡，「和在陽光下被曬黑的理玖給人的印象完全相反。」

「艾莉卡……那你的印象呢？」輝問。

「黑暗。」艾莉卡回答。

「黑暗……？」

「因為黑暗將軍愛我。」

艾莉卡開玩笑地笑了笑，在輝身旁坐了下來。

「輝，你家裡的經濟是不是有困難？」

「啊？」輝聽到艾莉卡突然這麼問，有點慌了神，難道自己看起來就一副窮酸相，即使什麼也不說，也可以看得出來嗎？

「我知道，因為我也一樣。」

「……開什麼玩笑！你讀的中學不是貴族學校嗎？」

「兩年前去紐約留學時，我的家境的確很富裕，但現在的情況和當時不一樣了。」

輝聽到艾莉卡突然說出這個秘密，有點不知所措，但還是豎起了耳朵。

「我爸爸的公司破產了。我們家世世代代經營好幾家公司，都是很大的公司，但我爸爸是從沒吃過苦的理想派，他在海外投資了不動產，認為一定可以賺大錢，結果判斷失誤，家族事業整個垮掉了。個人名下的房子、別墅在貸款時作為擔保，也全都被扣押了，債權人紛紛上門討債。更可怕的是，失去的並不是只有金錢和房子而已，以前每週都來我家參加派對的那些人幾乎都失去了聯絡，就連向鄰居家的傭人打招呼，對方也當作沒看到，真是太好笑了。結果我爸媽就連夜逃走了。」

艾莉卡停了下來，似乎想要觀察輝的反應。

輝不知該如何回答，所以無法開口。這麼可怕的事已經完全超過了他的想像。

「我從那個時候開始，就住在紐約學校的宿舍，但家裡突然不再寄錢給我。

我當然無法支付宿舍費、生活費還有學費，最驚訝的是連地下錢莊都來向我要錢。」

「什麼？來向你要錢！？」

「對，是以我的名義借的，二十五萬歐元，換算成日圓，超過三千萬。」

「三千萬！？」輝聽到這麼龐大的金額，一時說不出話，但還是問：「你不是中學生嗎？怎麼可能借錢……」

「照理說無法借錢。我無法理解我爸媽做的事，他們變造了我的身分證，然後拿去借錢，還偽造了我的收入證明，去各家金融機構一口氣借了很多錢，結果就捲款逃走了，留給我的只有債務。」

「結果呢！？」

「我爺爺生前很有做生意的頭腦，也很有看人的眼光。他覺得我有潛力，所以在我幼兒園的時候，就教我投資股票。每年的聖誕禮物就是股票，我讀小學時，就開始用這些股票賺零用錢，是個奇怪的小學生，但這件事救了我。雖然我沒了父母，沒了家，也沒有錢和朋友，但我有才華，我有賺錢的能力，和研究、發明的能力。我用股票賺的錢繼續讀書，不久之後，有一個美國富豪得知了我的才華，收我為養女。如今我的生活沒有任何不自由，不，我生活的奢華程度遠遠超過以前。」

「是這樣啊……」輝雖然無法想像艾莉卡經歷的激烈人生，但內心湧起了強烈的尊敬，同時也很感謝她為了激勵自己而說出了這些事。

「你聽我說，這個提議有點難以啟齒……」艾莉卡說完，注視著輝。

她一雙烏溜溜的眼睛晶亮。

「要不要我和你兩個人去找聖櫃？」

「啊！？你是說……」

「雖然這樣很對不起理玖——」

「……」輝說不出話。

「我無論如何都必須拿到聖櫃裡的鏡子，生病的並不是拋棄我的母親，而是收養我的養母，醫生說她只剩下一個月的生命。我……如果連她也離開……」

艾莉卡哽咽地說不下去了。輝抬頭一看，發現淚水從她的臉頰滑落。

輝不知道該說什麼，只能沉默不語。

「……我……沒辦法……相信……理玖。」艾莉卡忍著嗚咽說道。

輝忍住了想要問「為什麼？」的想法，看著艾莉卡。

「他不是生病了嗎？……雖然他說想要勇士的寶劍，但如果想要實現健康方面的心願，鏡子具有更大的力量。他是不是想要兩樣東西？」

「這……理玖不是這種人，如果是這樣，你說想要鏡子時，他應該就會說出來。」

「現在不管是你還是理玖，都不知道能不能找到聖櫃，所以才會說這種話。當真正得手時，真正想要的東西就會不一樣，為了達到目的，不惜做任何事，會做任何膚淺而又醜惡的事。我也一樣，我也覺得排斥理玖很卑鄙，但是，人都一樣，坦誠面對自己的願望，才有能夠得手的最大機會。」

艾莉卡說完後，等著輝開口，似乎在催促他回答。她微微偏著頭的習慣動作更襯托了她的美，然而並不能消除她剛才那個提議的殘酷。不，正因為她這麼美，她的美麗和提議之間的反差幾乎把輝壓垮。

看到輝遲遲沒有回答，艾莉卡似乎沉不住氣，逼問他：

「只有一個人能夠成為勇士，即使被理玖搶走也沒關係嗎？只要成為勇士，願望就能夠實現，你的願望可以這樣輕易放棄嗎？」

輝不知道該怎麼辦。他想拿回媽媽的戒指，也不希望媽媽為錢發愁，希望媽媽可以找回因為自己而失去的幸福。

背叛理玖——想到這裡，旅程中的許多瞬間就出現在腦海中。

理玖說了聲：「吃吧」，把飯糰丟給輝。

理玖不睡覺，一直為輝祈禱，結果眼睛都佈滿血絲。

理玖還在暴風雨中，揹著腳受傷的輝走路。

「沒有阻止就和霸凌同罪，對不起。」理玖跪地道歉的身影多麼真誠。

然後，很孩子氣地和輝一起玩李小龍的遊戲。

輝想起這些事，內心溫暖得想要哭，每一幕都在閃閃發亮。都是他在至今十二年的人生中不曾有過的經驗。

「……理玖是朋友。」輝用沙啞的聲音小聲說道。

「所以，即使理玖成為勇士，你也不介意嗎？」

艾莉卡銳利的眼神好像一把美工刀，割進了輝的心。

「這……」

輝吞吞吐吐著，艾莉卡說：

「還有時間，你明天早上之前告訴我答案。」說完，她就起身離開了。

輝困惑地看著她離去的背影。

「喀嗯。」老鷹叫了一聲，走到輝的身旁。

月光照在艾莉卡身上。

艾莉卡抬頭看著月亮。

她對自己會說出父母拋棄自己捲款逃走這件事感到意外。這是她第一次向別人提起這件事，買剉冰給奶奶那件事，她也一直塞在記憶深處，努力想要忘記。和理玖、輝在一起，似乎漸漸融化了她緊緊封閉的部分，讓她陷入了混亂。

同時，父母連夜逃走的回憶，也喚醒了當時的感情。那是無法用言語表達的絕望、孤獨和恐懼。那次之後，自己就再也無法相信別人。

艾莉卡走進洞窟時搖了搖頭，似乎想要甩掉這些過去。

輝不想回去洞窟，走在森林內。月光無法照到的地方是一片寧靜的黑暗。

伸手不見五指的漆黑似乎漸漸污染了輝的心靈。雖然剛才對艾莉卡說，理玖是很重要的朋友，卻無法拒絕艾莉卡的提議——自己的內心如同眼前這片黑暗。

這時，前方傳來啪哩啪哩撕塑膠袋的聲音。他不知道發生了什麼事，警戒地定睛細看，在月光下隱約看到長老從塑膠袋裡拿出了菠蘿麵包。

「長老。」

「菠蘿麵包真好吃，這是人類最完美的傑作。」

「我有一個問題……」

「是關於花梨的事吧？她工作不順利，正在為這件事傷神。」

「你怎麼知道……？」

「這座森林中發生的事、森林裡的人內心的想法都在我的掌握之中，這是我的天職。」

「天職？」

「每個人都有各自獨特的才華，源泉賜予每個人天職。有些人把天職當作工作，有些人作為興趣，每個人都不一樣，但天職是靈魂的表達，無論幾歲，都一定可以找到自己的天職。一旦找到，靈魂就會顫動，不管是你還是理玖，還是你媽媽，都具備了天職，只不過你們還沒有找到，所以就像在霧中迷了路，一直在那裡打轉。一旦找到了天職，就會勇往直前。」

「怎樣才能找到？」

「要用興奮指南針。在日常生活中，選擇能讓自己心動的事物，日後必定能找到天職。提示就隱藏在擅長的事、喜歡的事中，大部分人無法發現，是因為自己能夠輕鬆做到，所以沒有發現那就是自己的才華。」

「媽媽呢？媽媽該怎麼辦？」

「花梨喔，必須養育你長大的責任和義務，讓她的視野變狹了。」

「盡責任和義務不是好事嗎？」輝納悶地問。

「這不是好壞的問題，當強烈地認為『該這麼做』、『必須這麼做』時，就無法使用興奮指南針，凡事都用腦袋思考，就無法聽從心的聲音。」

長老把咬了幾口的菠蘿麵包放在手心，用好像修行者一樣嚴肅的語氣低聲哼道：「跳舞是傻子，看舞也是傻，既然都是傻，不跳就真傻。」這句獨特的咒語和長老很有威嚴的感覺格格不入，有一種奇妙的感覺，但長老很認真。

這時，花梨突然出現在菠蘿麵包中。

「媽媽……！」

剛好是花梨工作休息的時間，她正在購買晚餐的食材。

她在琳瑯滿目的食材中拿起了豆腐。是一塊兩百八十圓的木棉豆腐。「看起來真好吃。」一輝可以聽到花梨的聲音。

啊！？輝十分驚訝，因為媽媽並沒有說話，自己似乎聽到了媽媽內心的聲音。

「啊，但是好貴喔。我現在吃這麼高級的豆腐太奢侈了，我不配。」花梨說完，換了一塊七十八圓的豆腐。

「因為沒有錢，所以挑選了最便宜的豆腐，這並不是壞事，但認為自己不配的想法，等於在告訴自己的潛意識，自己沒有價值。」長老說。

「因為媽媽沒有用興奮指南針嗎？」

「就是這樣，試著感受自己有沒有心動，身體有沒有雀躍很重要。感受到心動和雀躍，然後進行選擇，等於在告訴自己，自己適合這樣的選擇，有助於提升自我價值。當自我肯定感較高時，就可以感到充實。這是大自然的天理。」

「我經常因為最便宜，或是大家都這麼做這些理由做決定。」

「這會讓興奮指南針變遲鈍，大家都太在意別人了，這樣會讓感性封閉，連自己喜歡什麼都無法瞭解。其實不必管別人，最重要的是自己的感受。雖然想要發現自己獨一無二的特質，卻凡事都追求和別人一樣，這樣怎麼可能發現？天職是獨特的才華，不可能在和別人一樣的地方發現。一開始不必在意能不能作為工作，只要感到興奮，就要向前衝。」

輝做自己喜歡的事時會很興奮，但覺得不努力和別人一樣，追求自己的喜好是極大的挑戰。自己一直追求和別人一樣，躲在「普通」背後，有辦法做到嗎？

長老似乎察覺到輝的不安，「可以先從小事做起，在買零食時，用興奮指南針選擇讓自己心動的零食。你可以試試看，你就會體會到簡單的事發揮出驚人的效果。」

輝點了點頭。長老總是帶給他勇氣。

「在選擇的時候使用興奮指南針，這件事很重要。」

輝在心裡體會著艾莉卡對他的提議。

「真理和正確的道路會讓人興奮，心情變得輕鬆。如果有不愉快的感覺，就是必須停止的訊號。」

「好——」輝內心對艾莉卡的提議做出了決定。他覺得心頭的迷霧散開了。

長老可能為傳達完重要的事感到鬆了一口氣，開始吃菠蘿麵包。他從傳達深奧智慧的長老變成了奇怪的青蛙，無論是哪一個，輝都很喜歡。

他感到很不可思議。至今為止，除了媽媽以外，他從來沒有想過喜歡別人或是討厭別人這種事。但是，來到這座森林後，他開始喜歡很多人，而且覺得這個世界，無論森林、天空還是河流都看起來很美麗。

「少年人，帶著膽小的心前進。即使失敗，也能夠變成勇氣。」

長老說完這句話就消失了。

隔天早晨，艾莉卡正在做出發的準備，輝走過去對她說：

「關於昨天的回答……」

「嗯……？」

「你的提議沒辦法讓我有興奮的感覺，所以我拒絕。」

「我知道了。」

不知道什麼時候走到他們身後的理玖問：「什麼提議？」

輝忍不住緊張起來。

艾莉卡面不改色地說：「我慫恿他背叛你。」

輝大吃一驚。曾經和艾莉卡討論過這件事，就讓他很尷尬。

「太可怕了。」理玖開玩笑說，但聲音顯得有點緊張。

艾莉卡若無其事地說：「如果他會中計，就代表他沒有成為勇士的資格，但我現在知道，你們都可以成為勇士。今天會到虹峰，到目前為止，蒐集了四顆彩石吧？」

輝和理玖點了點頭，把已經蒐集到的彩石一字排開。

第一顆紅石是「懼」，掌握了用丹田呼吸，將意識集中在自己內心。

第二顆橙石是「寂」，找回了「興奮指南針」。

第三顆黃石是「怒」，寫下人生劇本，瞭解了成為人生劇本主角的方法。

第四顆綠石是「妒」，學會了控制感情的方法。

理玖說：「我們還要蒐集三顆彩石，才能成為勇士，打開聖櫃的蓋子。只要我們三個人齊心協力，絕對沒問題。」

輝點著頭，忍不住想，艾莉卡為什麼要對自己說背叛理玖這種測試自己的話？

三個人都很緊張。隨著越來越靠近隱藏了聖櫃的虹峰，帶著不安和恐懼的緊張越來越強烈。

『即將得到想要的東西時最害怕，無論能不能夠得到，都令人害怕。』

這是源泉傳遞的訊息。

輝的身體抖了一下。老鷹舔著他的臉，激發他的勇氣。

「老鷹……」輝撫摸著老鷹的背，牠背上柔軟的毛讓輝感到安心。

——媽媽也曾經說。

老鷹當然是家人，填補了爹地離開後的那片空白。

探險結束後，要先帶老鷹去海邊。老鷹最喜歡在葉山的大海游泳，如果自己能夠成為勇士，也是因為有老鷹陪伴在身旁的關係。

「老鷹，謝啦。」

「汪！」老鷹回答後，用力搖著尾巴，輝有點擔心牠的尾巴會不會搖斷了。

三個人帶著一條狗繼續趕路，道路起伏很大。

他們才來到一個小山頂，接著又走入了山谷底，而且站在山頂上也只能看到一片山，完全沒有任何記號可以讓他們瞭解目前的位置。

走了一會兒，突然走出了森林，來到一片很大的向日葵田。那片向日葵的高度差不多是輝身高的兩倍。

他們撥開向日葵繼續前進，剛才撥開樹枝趕路也很辛苦，但走在向日葵田裡，體會到另一種辛苦。因為完全沒有任何樹木可以遮陽，所以十分悶熱，如果不小心，可能會中暑。理玖發揮了領導能力，特別增加了喝水時間。在第五次休息時，老鷹察覺到向日葵前方有什麼，突然尖聲吠叫起來。輝和理玖緊張地豎起了耳朵。

一群蜥蜴人突然對他們展開攻擊。

理玖用球棒應戰，但對方人數實在太多了。

「快逃！」理玖大叫著。

輝讓艾莉卡手揹上書包，自己抓著背帶，慢慢升上了天空。

從上空觀察，發現理玖漸漸被蜥蜴人包圍。

「該怎麼辦……？」輝焦急起來。今天艾莉卡也掛在書包上，不能像上次一樣衝下去攻擊。

理玖在轉眼之間就被抓住了。

蜥蜴人抓住理玖的雙手，從他的口袋裡拿出了黃色彩石，然後把理玖推開。

他們的目的似乎要搶這些彩石。

但是，彩石好像有意志般飛離了蜥蜴人的手，飛回理玖的手上。蜥蜴人撲向理玖。

理玖接住彩石，丟向了輝。

輝伸手一接，彩石落入了他的手掌。

艾莉卡小聲嘀咕：「原來彩石可以讀取主人的意志。」

「讀取意志？」

「因為理玖希望你保管，所以你抓得住彩石，但蜥蜴人抓不住。好厲害的彩石……」艾莉卡感動地說。

蜥蜴人追了過來，卻抓不到在天空中的輝。

「抓緊了。」輝對艾莉卡說完，降落在理玖身旁。

「理玖，抓住！」

理玖抓住了另一根背帶。

書包急速上升。

「呀吼！輝，幹得好！」理玖抓著書包大叫著。

這時，一個蜥蜴人從向日葵中冒了出來，對他們開槍。

子彈發出咻咻的聲音，擦過輝的耳邊。

輝嚇得縮成一團。這時，書包的背帶發出了聲音。抬頭一看，他抓著的那根背帶快斷了。背帶無法承受他的體重。不，書包承受著他們三個人的體重，不知道能夠撐多久。

就在這時──

老鷹朝向再度準備開槍的蜥蜴人撲了過去，咬住了他的肩膀。

「完了！」蜥蜴人發出好像奇怪金屬聲的慘叫，但老鷹還是咬住他不放。

「老鷹！」輝大叫一聲。

「快逃！」他讓書包急轉彎，改變方向，想要逃進森林內。

老鷹在向日葵中奔跑，追了過來。

砰！隨著一聲刺耳的槍聲，老鷹不見了。

「！？」輝慌忙回到向日葵田。

蜥蜴人似乎接到了命令，都同時撤退了。

輝、理玖和艾莉卡跳下書包，開始尋找老鷹。

「老鷹！」

「你在哪裡！」

三個人的叫聲響徹向日葵田。

輝撥開向日葵拚命尋找，看到了眼前難以置信的景象。

老鷹腹部中彈，流著血，拚命跑向輝。

牠搖搖晃晃，最後終於精疲力盡，倒在地上。

「老鷹！」輝不顧一切衝了過去，抱起老鷹，叫著牠的名字。

老鷹微微睜開眼睛，注視著輝。

「老鷹……」

理玖和艾莉卡也跑了過來，看到眼前的情景，倒吸了一口氣。

老鷹用盡最後的力氣注視著輝，牠的眼神似乎想要訴說什麼，但終於失去了最後的力氣。

「老鷹！」

輝大喊著，他不想失去老鷹。「老鷹……你不要離開我！老鷹……求求你……」

「老鷹！」

「老鷹，加油！」理玖和艾莉卡也大叫著。

但老鷹已經一動也不動了。

「老鷹，你搖搖尾巴……求求你……如果沒有你，我要怎麼去找爹地……我們不是約好，等我長大以後，要帶著你去美國……要讓媽媽和爹地見面嗎？……老鷹……」輝抱著老鷹，搖著牠的身體。

老鷹沒有反應。

啊，我失去了一切……。輝心想。

——為什麼！？我有寫這樣的劇本嗎！

理玖從背後輕輕把手放在輝的肩上，咬緊牙關說：

「輝……老鷹……牠已經……就讓牠離開吧……」

「不要！我絕對不相信這種事！老鷹從小陪著我長大！」他推開了理玖的手。

理玖和艾莉卡把老鷹埋葬在向日葵田裡。

輝抱著膝蓋，茫然地看著這一切。

理玖在掩埋了老鷹的地方堆起了高高的土堆。

艾莉卡摘了花，供在土堆前。

輝坐在土堆前好幾個小時，一動也不動。

「差不多該出發了。」下午時，理玖催促道。如果再不出發，今天就無法抵達虹峰。

「我不去。」輝費力地擠出聲音說。

「啊……！？」

「我放棄了……。如果我不想成為勇士，老鷹就不會死……。我……我是所有不幸的原因……」

「哪有──」

理玖想要安慰他，但輝打斷了他，「因為我來到人世，媽媽和爹地才會那麼痛苦，老鷹是爹地留下唯一寶貴的東西……。如果沒有我，這些事都不會發生……！我有缺陷……」

「輝……」理玖在抱著雙膝的輝面前坐了下來，「你才不是什麼不幸的原因。你救了我好幾次……，如果沒有你，我根本無法來到這裡。」

輝茫然地注視著理玖，理玖的眼神從來沒有這麼真誠。

「你曾經說，因為我不完美，所以你對我感到親近，開始喜歡我……我也一樣。你做不到的事，我可以幫你；我做不到的事，你可以幫我。我們這一路上都是這樣相互幫助。也許你有缺陷，但我也一樣。正因為我們都不完美，所以才需要對方。對你來說，老鷹很重要，同樣的，對我來說，你也是不可缺少的夥伴。」

「理玖……」輝說不下去了，理玖的話深入他的內心深處——

「老鷹的事真的很遺憾，但你不覺得老鷹也希望我們找到聖櫃嗎？」

輝看著掩埋了老鷹的土堆，覺得老鷹隨時會從那裡出現。

回想起來，老鷹從來不批評輝，總是陪伴在他身旁，而且也是老鷹帶著輝來到這座森林。

——老鷹，也許你相信我能夠成為勇士。即使全世界沒有任何人，即使包括我，也覺得自己不可能成為勇士，只有你一直守護我、支持我——

記憶中的老鷹用力搖著尾巴，幾乎快把尾巴都搖斷了。

「是啊……也許吧……」輝抬頭看著理玖。

理玖說：「繼續吧，完成我們的探險旅程，我需要你的協助。」

「……」輝正想要回答，發現艾莉卡不見了，「艾莉卡呢？」

「咦？她去哪裡了？她剛才還在……。艾莉卡。」理玖叫著她的名字，卻沒有聽到回答。

向日葵很高，擋住了視野。

兩人叫著艾莉卡的名字，分頭四處尋找。

「艾莉卡！艾莉卡，你在哪裡！？」

輝內心漸漸產生了不祥的預感。「艾莉卡該不會……」

「輝！」這時，傳來理玖語帶緊張的聲音。

輝不顧一切地撥開向日葵，跑向那個方向，發現理玖滿臉驚愕地站在那裡。

他手上拿著白底黑色條紋的球鞋。

「這是艾莉卡的鞋子！」

「……應該被湯瑪斯帶走了。」

「……我們走！」輝說。

「輝。」

「去把艾莉卡救回來，我不想再失去任何人。」輝語氣堅定地說，理玖也點了點頭。

當他們準備出發時，長老出現了，「看來你們兩個人終於真心決定要成為勇士了。想要有所獲得時，就必須放手某些東西，在雙手都抓滿東西的情況下，無法再伸手把握巨大的東西。」

輝咬著嘴唇。

理玖氣勢洶洶地說：「你不要現在說這種話！會讓我們覺得你好像在說，失去老鷹是對我們成為勇士的考驗！」

「老鷹的確很可憐……」長老瞇著眼睛看著輝。

輝回瞪著他。

「你不用顏色和形狀釋放這份悲傷嗎？」

「不釋放。」輝毫不猶豫地說：「我不要這種悲傷的心情變成顏色和形狀後消失……我情願繼續悲傷……可能會放聲大哭……接下來好幾天，可能會痛苦得想死……這樣也沒關係……。這種心情會讓我知道，老鷹有多麼重要……」

長老用力點了點頭。

這時，一顆藍色彩石從天空朝向輝飛來，彩石落在輝的手掌上，上面浮現了

「悲」這個字。

「第五顆彩石是『悲傷』。輝，你已經解決了悲傷。」

「我才沒有解決……我心裡充滿了悲傷。」輝困惑地說。

「這樣也沒問題啊，你接受了悲傷。你接受了充滿悲傷的自己，這是最強的方法，一旦接受了感情，感情就會融化，發生變化。悲傷會變成愛。」

輝握緊了藍色彩石，覺得心漸漸溫暖起來。他把手放在胸前。「老鷹在這裡……這個老鷹永遠……，一輩子……都陪伴著我……」

理玖也深有同感地點了點頭。

「輝，藍色是表達的顏色。之前，你向來都是想說的話也不敢說出口，但第五顆藍石具有提升溝通能力的效果。從今以後，你可以更充分表達自己。當然，一開始需要勇氣，但一小步的勇氣，將會把你帶向完全無法想像的未來。」

「我知道了。」輝點著頭，「艾莉卡很危險，不能去幫助她嗎？」

長老露出悲傷的眼神，難得看起來很蒼老。

「已經沒辦法救她了，她身在魔境。」長老說完這句話就消失了。

輝和理玖驚愕地互看了一眼。艾莉卡身陷危機。只有這件事很確定——

# 第六顆彩石「靛石」

輝和理玖來到了虹峰的半山腰，沿途沒有見到艾莉卡的蹤影，也沒有湯瑪斯和蜥蜴人的動靜。

「等我們找到了聖櫃，湯瑪斯一定會出現，所以我們要先找到藏聖櫃的地方。」

理玖提議道，輝完全沒有異議。

但是，聖櫃到底藏在哪裡？

而且，要如何才能拿到另外兩顆彩石？

山很陡峭，斜坡的角度將近九十度，根本無法爬上山頂。

理玖一臉困惑地對輝說：「我們閉上眼睛，傾聽一下內心的訊息。」

他們坐在岩石上閉上了眼睛，有意識地深呼吸，心漸漸平靜下來，想像中出現了長老的身影。

「我看到長老了。」理玖說。「我也看到了。」輝也回答。
「了不起，了不起。」突然傳來長老的聲音，兩個人睜開眼睛，發現長老真的站在他們面前。
「冥想時，直覺變得很強烈，消除了壓力，專注力就變得超強，學習和記憶不可或缺的大腦灰白質就會增加。」
「灰白質？」
「大致來說，就是一種神經細胞。當灰白質減少，心情就會憂鬱，也會健忘。史蒂夫是很出色的冥想高手。」
「史蒂夫？」
「賈伯斯啦，你不知道嗎？」
「喔，就是製造iPhone的人。」
長老繼續說道：「比爾・蓋茲大叔和瑪丹娜小姐，啊，還有理玖喜歡的一朗選手都經常冥想，冥想可以提升表演能力。」
「長老，我們想知道聖櫃在哪裡。」輝著急地說，長老露出銳利的眼神打量著輝。

「焦急的人絕對找不到聖櫃。」

「但如果不趕快找到聖櫃，艾莉卡就太危險了！」理玖也向前傾著身體，好像在抗議。

「你們心情無法平靜嗎？那就用冥想讓心情平靜下來。」

長老老神在在，輝感到有點不耐煩，但突然想到至今為止，長老說的話都應驗了。

「要怎麼冥想？」理玖很不甘心地問。

「關鍵在於呼吸，挺直身體，觀察通過鼻孔的呼吸，想法和思考就會湧現，有時候會出現激烈的感情，或是看到神奇的光，或是有某些體驗，但不要受到影響，還是要回到呼吸，呼吸可以讓意識回到『此時此地』。」

「『此時此地』？」

輝第一次聽到這種說法。

「就是現在、正在這裡的狀態。很多人雖然身體在這裡，但意識並不在這裡，回到過去，為曾經犯過的失敗懊惱不已，或是因為對將來的不安，意識去了未來。工作的時候想到晚上約會的事，吃飯的時候為工作擔憂。意識總是飛到不是『此時』、『此地』的地方，只有呼吸是在『此時』、『此地』，所以，讓意識回到呼吸，就是回到『此時此地』。」

「回到『此時此地』，就可以接收源泉的訊息嗎？」輝充滿好奇心地問。

「可以成為源泉本身。」

「什麼？」

「認為源泉和自己分離，才會有可以接收源泉的訊息這種想法，但我們是『一體』，當變成源泉本身，我們本身就是訊息，就是行為，就是歌，就是舞，就是呼吸本身。」

長老看著輝和理玖，似乎在確認他們的理解程度後繼續說了下去。

「找回和所有一切的連結，也就是融入宇宙完美的流動。」

「聽不太懂……」理玖搖著頭說。

輝覺得用「腦袋」理解長老說的話，某些重要的東西就會消失，必須用心傾聽。當他有這種想法時，立刻感到身體深處湧現了力量，身體激動興奮起來，好像快爆炸了。

這件事太重要了，可以為人生帶來變革，頭腦當然無法理解。這種感覺越來越強烈。

「心在此地、此時這個瞬間很重要，對不對？」

輝雙眼發亮地注視長老。

「沒錯，也可以說是最重要的事。」長老點了點頭繼續說道，「那我再告訴你們一件相關的事。」

輝和理玖都坐直了身體。

「無論自己怎樣，都要接受自己。」

「無論自己怎麼樣？」理玖納悶地問。

「沒錯。輝失去老鷹時，不是接納了悲傷不已，變得脆弱的自己嗎？無論自己變得怎樣，都要接納自己。」

「即使心裡有很多不好的念頭時，也要接納嗎？」

「沒錯。」

「也要接納膽小的自己？」輝也感到困惑。

老鷹離開時，自己的確接納了傷心欲絕的自己，但是，他無法接納有不好的念頭、嫉妒或是膽小，還有生氣時的自己，更何況怎麼可以接納這樣的自己？

「這樣的話，根本沒辦法成長。」理玖說出了輝的心裡話。

「不，恰恰相反，無論自己變成怎樣，都能夠完全肯定自己時，奇蹟就會發生。」

「完全肯定討厭的自己……」理玖聳了聳肩，似乎表示根本不可能做到。

「無論是怎樣的自己都很出色，必須瞭解這件事。」

「我完全不這麼覺得。」輝也說。

「即使不這麼覺得，也要假裝無論是怎樣的自己都很出色，只要假裝就好。」

「奇蹟……會發生怎樣的奇蹟？」理玖難以相信地問。

「會發生很多奇蹟，連說都說不完，只不過老夫現在不會說，因為一旦說了，就會讓你們產生成見，所以還是讓你們在空白的狀態下體會這些奇蹟比較好。總之，從現在開始，無論是怎樣的自己，包括很討厭自己的部分，也要加以肯定。」

長老難得用強烈的語氣繼續說道，「朝向目標和夢想採取行動很重要，但是，帶著怎樣的意識去做，比做什麼更重要，比起Do，更要把意識放在Be這件事上。在認為自己不行的前提下嘗試某件事，和相信自己能夠做到的前提下挑戰，結果會大不相同。目前所有的現實，都是你們對自己認識的結果。要在全面肯定自己的基礎上，專心做自己喜歡的事。這樣就可以跳脫被厚實的雲層覆蓋的自我框架，一旦跳脫了這個框架，夢想會主動靠近。不再是你們追尋夢想，而是夢想會召喚你們，然後就會在那裡發生超乎想像的奇蹟。」

長老目不轉睛地看著他們，似乎覺得可以藉由注視，把深奧的智慧灌輸給他們。那是對他們的祈禱。

「少年人，夢想的門會主動對著追夢的人打開。」

長老消失不見了。

輝對理玖說，他要一個人靜一靜。

直覺告訴輝，長老剛才的教誨比以前說的內容更珍貴，他想要獨處，讓自己充分感受這些教誨。

輝回到了冥想。

他努力將注意力集中在呼吸上，卻無法做到。頭髮的事一直干擾他。

肯定自己的藍色頭髮——光是想像一下，身體就忍不住顫抖。這件事太可怕了，簡直就是和全人類為敵。

——不知道理玖發現我的頭髮是藍色的，會有什麼反應……

其他人呢？可能以後再也不能繼續住在那個城市了，搞不好還會被認為得了傳染病，關進像監牢一樣的醫院裡。

即使這樣，仍然要完全肯定自己。

雖然自己嚇得發抖，但仍然要為自己打五顆星嗎？

輝越想越覺得害怕。

『勇氣。無論改變想法，還是採取行動，都需要你發揮勇氣。別人無法給你勇氣，只能由你帶給自己勇氣，要成為自己最好的盟友、支持者。』

靈感帶來的訊息比以前任何一次更長。

輝重重地吐了一口氣。

他回想起這趟旅程中的許許多多場景。

得知湯瑪斯奪走聖櫃，這個世界將會變成黑暗世界，自己「脫口」說出要成為勇士。

在死亡的邊緣看到媽媽，又重新站起來，決定要繼續活下去。

自己搭上書包，把芒果當作武器和湯瑪斯奮戰。
然後衝撞蜥蜴人，解救艾莉卡。
面對嫉妒理玖的自己——
在做每一件事之前，都不覺得自己有辦法做到。
有時候也曾經害怕得好像閉上眼睛，跳入谷底。
但是，跳下去之後，發現完全沒什麼好怕的。
無論任何事，一定是採取行動之前最可怕，也許這就是考驗。
讓自己感受到以為自己可能會死的恐懼，考驗自己是否真的想要挑戰這件事——
只需要鼓起勇氣，只需要勇於跳向未知舞台的決心——
輝睜開眼睛，自言自語地宣布：
「我全面肯定我自己，我很出色，我無限愛自己。」
從森林偵察回來的理玖驚訝地看著輝，輝從來沒有像現在這麼堅強有力。
同時，理玖瞪大了眼睛。因為輝的頭髮漸漸變成了藍色。
藍色的頭髮幾乎和藍天融為一體。

「輝……你的頭髮……」

看到理玖驚愕的表情，輝知道自己的頭髮變回了藍色。

「我一出生就是藍色的……我果然……很奇怪……嗎？」雖然理玖可能會討厭自己的不安和膽怯襲來，但輝還是擺脫這種不安和膽怯問。

「哈哈哈哈！」理玖大笑起來。

原來這麼奇怪……我就知道……。輝持續染頭髮快六年了，連他自己也無法想像藍頭髮的自己是什麼樣子。

「你在說什麼啊！超酷的！」理玖拍了拍輝的肩膀，「為什麼之前都沒告訴我！？」

輝完全沒有想到理玖會有這樣的反應，不，應該說理玖的反應和他的預料完全相反，所以他不知道該如何回答。

但是，他不想再對自己說謊。這種強烈的想法湧上心頭。

要為膽小無用的自己打上五顆星。

輝拿下了隱形眼鏡，恢復了藍色的眼睛。

那是很透明的藍色。

理玖注視著他的眼睛，倒吸了一口氣。

「輝……你真是……太漂亮了……！」

藍頭髮、藍眼睛。理玖，這就是真正的我。

內心深處湧現深深的感動，輝不知道該如何表達這種內心顫動不已的感動，用力跳了起來。

他無法停止跳動，之前封存的力氣一下子全都湧現了。

輝每次跳起來，就忍不住大笑。

輝的喜悅好像海浪般從身體發射出來，也傳給了理玖，理玖也跟著笑了起來。

兩個人笑著跳著。

輝等待像衝動般的喜悅漸漸平靜後，才終於開口說：

「理玖，以前，我是全世界最討厭自己的人，認定藍頭髮的自己是妖怪，沒有任何價值。最討厭我的不是別人，而是我自己，然後又有了第二、第三個討厭我的自己。我之所以會遭到霸凌，被爹地拋棄，是因為我覺得自己沒有價值，覺得自己理所當然該承受這種對待——」

輝從來沒有像現在這樣滔滔不絕地一口氣說話，理玖看著他。

「如果我給這樣的自己打五顆星，不管別人怎麼討厭我，我都無所謂。不，我終於知道，那是『討厭』我的那個人的問題，是那個人必須面對的問題，和我沒有關係。難以相信以前因為被人討厭，就害怕畏縮。現在可以這麼自由自在！」

輝覺得自己可以乘著風，去任何地方。

「理玖，喜歡自己，是開心過每一天最簡單、最有力量的方法！」

理玖也感同身受地大叫：「我們的想法創造了今天！」

輝用力點頭，「沒錯！我們充滿力量！只要想到這一點，就可以接納自己。」

「耶！這就像拿到了幸福快車的車票！」

「我們要去告訴艾莉卡！」

這時，靈感在輝的腦海中閃現。『鶴龜正中間』。

「鶴龜是什麼？」輝無法理解靈感的意思，小聲說道。

「鶴龜？」

「剛才有靈感閃現，『鶴龜正中間』。」

「是兒歌〈籠中鳥〉的歌詞嗎？」

理玖陷入了沉思，突然指著斜坡前方說：

「是那個！」

輝抬頭一看，面向湖的斜坡上，有兩塊岩石分別是仙鶴和烏龜的形狀。

「聖櫃一定就藏在那兩塊岩石的正中間！」

他們立刻跑向那兩塊岩石。

來到岩石前，理玖用球棒測量了鶴岩和龜岩的距離，然後站在正中間的位置說：

「我們只有五塊彩石，長老說，要蒐集到七顆彩石，才有資格打開聖櫃。」

輝點了點頭，即使現在挖這裡，找到了聖櫃，也無法打開聖櫃。

「怎麼辦？」理玖不知所措地問。

也許在挖土的時候可以得到彩石。輝這麼一想，就提議先動手挖聖櫃。

他們完全無法預測聖櫃埋在多深的地方，也沒有把握能夠在天黑之前挖到，所以越快行動越好。

只不過他們手上沒有任何挖土的工具。

輝打開素描簿，開始畫自己和理玖拿著輕巧又牢固，使用起來很方便的鐵鏟挖土。雖然他沒有自信這麼快就會有這麼理想的工具出現，但目前只能做力所能及的事。

然後，他們開始專心挖土。地面很堅硬，根本無法徒手挖土。他們努力振作想要放棄的心，相互鼓勵，繼續挖著土。

這時，他們突然發現腳下出現了兩把和輝剛才畫的完全一樣的鐵鏟。

「太厲害了！」理玖發出了感嘆的叫聲，但也同時發現，蜥蜴人已經在不知不覺中包圍了他們。

蜥蜴人的手上也拿著相同的鐵鏟。

「輝，這下慘了。你畫了鐵鏟，結果還附贈了蜥蜴人。」

輝也倒吸了一口氣，數十個、數百個蜥蜴人團團包圍了他們。他正想要坐上原本放在一旁的書包，發現已經被蜥蜴人搶走了，理玖的球棒也落入了他們手中。

蜥蜴大軍向兩側散開，形成一條花道。湯瑪斯從後方出現了。他身穿黑色斗篷，戴著白色面具。

輝和理玖站在那裡，毫不畏懼地面對湯瑪斯。
「艾莉卡在哪裡？」輝問。
湯瑪斯沒有吭氣，把手上的東西出示在他們面前。
「……！」輝和理玖很受打擊，因為那是對艾莉卡很重要的無人機遙控器。
湯瑪斯果然綁架了艾莉卡。
「艾莉卡平安無事嗎？」理玖問。
「目前是。」湯瑪斯用低沉而模糊的聲音回答，假面具下傳來的聲音很壓抑，完全感受不到任何感情，令輝不寒而慄。
不知道他會做出什麼事……。人一旦喪失了感情，就會做出無比殘酷的行為。
「把艾莉卡還給我們。」輝向前一步說道。
湯瑪斯不耐煩地揚起下巴，好幾把槍的槍口對準了輝。
輝害怕不已，牙齒快要打顫了，但正因為這樣，更要勇敢向前。如果現在逃避，等於讓潛意識相信，自己是個膽小鬼，然後又會感受到膽小的自己，最後變成現實，變成永遠在原地打轉的旋轉木馬，必須設法擺脫膽小鬼的循環。輝雙腳用力，狠狠瞪著湯瑪斯。

湯瑪斯用好像地獄傳來般的聲音說：「把彩石給我，命令彩石，我才是主人。」

「如果我們拒絕呢？」理玖聳起肩膀問。

「那就殺了艾莉卡。」湯瑪斯用冷酷的聲音說。

輝掩飾著內心的動搖，瞪著湯瑪斯說：「艾莉卡在哪裡？」

「先把彩石給我。」湯瑪斯回答。

「在確認艾莉卡平安無事之前，我們和你沒什麼好談的。」理玖說。

湯瑪斯咂著嘴，操作著無人機的遙控器。

無人機從高空飛來，降落在湯瑪斯的腳下。湯瑪斯把無人機上的攝影機丟給了輝。

輝播放了攝影機的影像，艾莉卡出現在畫面上，她被綁在樹上，讓人看了心痛。「救命！輝、理玖……」艾莉卡哭著喊叫著。

「艾莉卡……！」

輝和理玖說不出話。

——該怎麼辦……！

輝怒火中燒，握緊了拳頭，內心的害怕消失了。看到艾莉卡之後，想要救她的想法戰勝了恐懼。湯瑪斯竟然用這麼卑劣的手段，輝內心燃燒起憤怒的烈火。理玖也一樣。

湯瑪斯說：「只要把彩石交給我，就會放了你們，也放了艾莉卡。」

「誰相信你的鬼話！」

理玖怒氣沖沖地大叫著，輝也同意他的意見。

「馬上把艾莉卡帶來這裡！那我們就相信你。」

湯瑪斯的嘴角露出殘忍的笑容，「你們有沒有搞錯？還以為你們有選擇權嗎？如果你們不聽話，馬上就會殺了艾莉卡。」

湯瑪斯揚起下巴，一群蜥蜴人頓時轉身準備離開。

「輝！」理玖發出了慘叫般的聲音。

「理玖……」輝和理玖互看著，然後搖了搖頭。他們根本無計可施。

理玖看著輝從口袋裡拿出四塊彩石後說：

「如果交給他，他拿到了聖櫃，黑暗就會支配整個世界。」

「我知道……但是，我不能眼看著艾莉卡去死……」

「我也一樣……」理玖也從口袋裡拿出了彩石。

輝下定決心地說：「不到最後一刻，絕不輕言放棄。我們假裝聽湯瑪斯的話，讓他大意。只要我們不放棄，一定有逆轉的機會。」

「而且……」輝吞吐起來。

「怎麼了？」

「而且我覺得，這個世界不會輕易被黑暗支配，或許可能會看起來好像被黑暗支配了，但世界上還有很多像媽媽一樣心靈很美的人，而且老鷹也……理玖，你也一樣。我以前不知道，原來世界這麼溫柔，這麼溫柔的世界不可能消失。」

理玖瞪大了眼睛，佩服地說：「輝，你的笨嘴笨舌去了哪裡？」

「我給笨嘴笨舌的自己也打了五顆星。」兩個人輕鬆地開著玩笑，激勵彼此的勇氣。

輝很欣賞理玖在這種時候沒有太嚴肅的態度。他一定在棒球比賽中學會了越是面臨困境，越必須放輕鬆。

湯瑪斯打斷了他們的對話，「已經下定決心了嗎？」

輝和理玖點了點頭，走過去準備把彩石交給湯瑪斯。

——彩石，請你們引導即將擁有你們的人走向真理，就像你曾經引導我們一樣。

輝在內心祈禱後，遞上了彩石。

正當湯瑪斯準備伸手的瞬間，寧靜的湖面突然裂開，有什麼東西出現了。像暴風雨般的水花四濺，蜥蜴人都紛紛跌坐在地上。

那個物體實在太巨大，無法立刻看清楚整體。

那個東西從水中跳了出來，好像快飛上了天。

抬頭一看，原來是一條巨大的龍。

而且，那條龍有七個龍頭。輝恍然大悟。之前從木筏跳進湖裡時，看到像魚鱗般閃亮的東西，一定就是這條龍。

理玖也嚇得腿軟了。

輝跑到理玖身旁，把他扶了起來。

理玖可能對自己嚇到腿軟感到很丟臉，大叫著說：「這場冒險也太可怕了，怎麼會有這種事！」

——真的難以想像，但眼前的問題是該如何度過這個難關。
前有湯瑪斯，後有七頭龍。
「只有打敗這條龍的人才是勇士。」湯瑪斯說完，右手一揮。拿著手槍的蜥蜴人同時向龍開槍。子彈打中了龍的身體，龍用力向後一仰，隨即張開大嘴噴著火。七個龍頭同時噴出的烈火把蜥蜴人都吹走了。
其中一個龍頭的雙眼閃著紅光，朝著湯瑪斯的假面具噴火。
湯瑪斯想要躲去鶴岩後方，卻晚了一步，臉上的假面具被火燒得熔化了。
輝和理玖看到假面具下的那張臉，都忍不住目瞪口呆。
因為那是艾莉卡潔白冰冷的臉。她的臉上收起了曾經迷倒他們的親切笑容，拒人千里的冷漠表情簡直就像是素不相識的陌生人。
「艾莉卡……？你為什麼要假冒湯瑪斯？」理玖驚訝地問。
「……不是！艾莉卡就是湯瑪斯！」這個震撼的事實貫穿了輝的身體。
這麼一想，就覺得太多事都有了合理的解釋。艾莉卡和他們同行時，湯瑪斯從來沒有現過身，而且，艾莉卡還想慫恿輝背叛理玖。
還有長老！長老曾經說，他和湯瑪斯的頻率相差太多，無法出現在同一個空間，當他們和艾莉卡在一起時，長老從來沒有出現過。

一定是湯瑪斯自導自演了綁架艾莉卡，再殺了她這齣戲，試圖威脅自己和理玖。

理玖這次也沒心情開玩笑了。他和輝都受到了極大的打擊。

遭到信任的人背叛，輝感到心痛，好像有一把尖銳的錐子刺在心上。

「艾莉卡……為什麼！？你為什麼把靈魂賣給了黑暗！？」輝痛苦地問。

他們寧願相信，比起湯瑪斯，「艾莉卡」才是真實的她。輝用充滿祈禱的心情注視著她，希望她開口說：「這是騙你們的！」

然而，艾莉卡一臉冷漠，若無其事地說：「把彩石給我！聖櫃不能給你們，我要支配這個世界。」

這時，龍捲起龍尾，然後用力甩了下來，發出了巨大的聲音。

龍尾產生的旋風，把輝和理玖都吹了起來。

那些蜥蜴人不僅被吹了起來，而且身上都著火了。

蜥蜴人看到龍開始發怒，嚇得紛紛逃走了。

艾莉卡，不，湯瑪斯也露出懊惱的表情跟著蜥蜴人一起逃走了。

輝和理玖目送著湯瑪斯離去的背影。

那才是艾莉卡真正的樣子嗎？……痛苦的感情震撼著輝。

艾莉卡曾經和自己一樣，經歷了貧窮。

她被父母拋棄，甚至還必須扛起父母的債務。

艾莉卡並不是一開始就屬於黑暗的世界。

無情大人的殘酷行為，把她逼入了黑暗的世界。

想到自己無能為力，輝忍不住大叫起來。

那是他的心發出的悲傷吶喊。

「我絕對不要這樣的世界！我要成為勇士，創造一個人人都可以幸福過日子的和平溫馨世界！」

輝重新下定了決心，撿起了掉在地上的書包，飛上了天空。

然後他飛去撿起球棒，丟給理玖。

「謝囉。」理玖說。

兩個人的眼神交會。

「行動吧。」輝用眼神對理玖說。

「好，行動吧。」理玖也透過眼神傳達了他的想法。

打敗七頭龍，才能夠找到聖櫃。想要拿到聖櫃，就無法避開這場戰鬥。

他們覺得這將是一場殊死戰。

輝為自己有了必須用生命保護的東西而感動不已。

幸好自己活了下來……

第一次有「活著」的真實感覺充滿了全身每一個細胞。

人生的最大樂趣，就在於下定決心，為了自己想要守護的事物付出生命。

當輝深深體會到這件事時，從理玖的眼神中，發現他也有相同的想法。理玖這位夥伴的存在，為輝帶來了勇氣。

一旦對死亡也無所畏懼，膽小鬼就消失無蹤了。

輝暗暗想到。

——我要保護年幼的艾莉卡的心，讓黑暗無法滲入她的心。

——我要保護漂亮的媽媽，要保護這個溫柔的世界。

輝和理玖一起向龍迎戰。

七個龍頭的龍劇烈搖動身體，向他們撲了過來。

理玖拿著球棒準備應戰，但當然不是龍的對手。

輝和理玖搭著噴射的書包飛上天空。

龍把龍頭向後仰，對著他們。

風起水濺。

兩個人繞到龍的背後，試圖逃離龍的視野，但七個龍頭，十四個龍眼睛從四面八方包圍他們，讓他們無處可逃。

『眼睛』。

輝聽到源泉的聲音。

「理玖，瞄準龍的眼睛！那裡是要害！」

輝操控著書包，來到龍的眼睛旁。

龍張大嘴巴，想要吞噬他們兩個人，輝立刻咻的一聲，讓書包急轉彎。

理玖用力把球棒刺向龍的眼睛。

但是，龍沒有發生任何變化，仍然擋住了他們的去路。

「啊！」輝發現了一件事。「理玖，剛才的龍頭是幻影！真正的龍頭是其中一個！只要能夠分辨出真正的龍頭，就可以打敗牠！」

輝和理玖再度讓書包開始噴射，靠近龍頭。
龍頭好像隨時會噴火，一旦被火噴中，他們兩個人馬上就會送命。
幸好龍並沒有噴火，七個龍頭向後仰，觀察著他們的動向。
哪一個才是真正的龍頭？
「鎮定，進入光球。」
兩個人一起想像著光球。
輝閉上了眼睛，理玖將注意力集中在球棒上。
輝內心的雜音漸漸消失，感受著以前從來不曾體會過的「寂靜」，那完全是「無」的境界。
靈光閃現。輝指著七個龍頭中的一個說：
「那個！那個是真正的龍頭！」
理玖高高跳起，用球棒刺向那個龍頭的眼睛。
龍張開大嘴，噴著火。
理玖被火擋住了去路，整個人漸漸掉向湖面。
「理玖！」輝讓書包火力全開，追了上去。

在理玖差一點掉落湖水之前，輝終於抓住了他的手。
「你救了我！」理玖爬上書包，準備再度攻擊龍眼。
就在這時——
輝從龍的眼睛深處感受到意識。
「！」輝感到一陣驚愕。
「理玖！住手！趕快住手！」
理玖的球棒即將打向龍眼。
輝整個人撲過去，擋住球棒。
球棒啪的一聲，打到輝的身上。
「輝！？為什麼！？」
輝被球棒打到後，身體開始墜落。
龍甩著長長的脖子，輕輕把輝撈了起來。
輝跨坐在龍的背上。
理玖感到愕然，輝抬起頭對他說：
「理玖，這尾龍在考驗我們是不是真正的勇士！牠在保護聖櫃！」

輝大叫的同時，另外六個龍頭突然消失，剩下的龍頭張大了嘴巴。嘴裡露出一顆彩石，朝向輝飛了過來。

那是一顆靛色的彩石。

輝把彩石丟向理玖。

理玖接過彩石一看，彩石上的「我」這個字閃閃發亮。

輝捨棄了「我」，進入了「無」的境界，所以看清了七個龍頭中的真龍頭，也瞭解到龍是聖櫃的守護神，是勇士的盟友。

第六顆「靛石」可以增強直覺，對前進的道路充滿信任。

終於蒐集到六顆彩石了。

還剩一顆。

聖櫃就在眼前——

理玖看著輝。

坐在龍背上的藍髮少年。

龍身上的鱗片和藍色的頭髮在陽光下閃閃發亮，周圍被染成一片金黃色。

因為有龍背在那裡，輝才會遇到藍色頭髮的考驗——理玖突然這麼想。

藍色頭髮的輝——

他是我無可取代的朋友。

然而，考驗還沒有結束。還有最後的考驗。

長老坐在鶴岩上吃著菠蘿麵包小聲嘀咕說：

「少年人，黎明前最黑暗，拿到寶物時最害怕——」

第七顆彩石「紫石」

龍把輝放在鶴岩和龜岩之間後潛回湖裡。

輝和理玖繼續在鶴岩和龜岩之間挖掘，挖到了堅硬的東西。終於挖到聖櫃了。他們激動起來。

但是，挖起來一看，發現只是普通的岩石。理玖垂頭喪氣，輝指著岩石大叫著說：「你看這個！」

岩石上寫著英文：「Arinoto over」。

「Arinoto over……這是什麼？」理玖說完，情不自禁地說：「如果艾莉卡在這裡就好了。」

輝的臉痛苦地扭曲著，仰頭看著天空。天空一片蔚藍，在看起來很平靜的這片天空下，因為『分離』，所以有人爭執、打鬥、相互殘殺。源泉啊，我們明明是『一體』，為什麼要開始『分離遊戲』！？

如果是『一體』，就沒有善惡之分，光明和黑暗也不會分離——

輝的思考變成了祈禱。

——希望可以回到『一體』。

「是蟻徑……！」理玖大聲叫道，打破了輝的沉思。

「啊？」輝看著理玖。

「Arinoto over的意思。我想起之前我們家去長野旅行時，聽說戶隱山上有蟻徑，蟻徑就是很狹窄的山路，只有螞蟻排成一行才能經過，所以才會取這樣的名字。這座山上應該也有蟻徑。」

「蟻徑在哪裡？要怎麼找到？」

「爬到山頂，也許可以看到……」

「要爬上這座山的山頂……」輝仰頭看著陡峭的山，如果沒有任何裝備，爬這座山太危險了。

「輝，我們不是有最強大的武器嗎？」

理玖說完，用視線看向書包。

「啊！」輝笑了起來。沒錯，可以坐上書包，在上空尋找蟻徑。

他們讓書包噴射後飛上了天空。

來到山頂附近，立刻往下看，但找不到這樣峭立的山路。

正當他們在思考該怎麼辦時，一團粉紅色的光出現在他們面前。

「理玖，你能看到粉紅色的光嗎？」

「不——」

粉紅色的光似乎在引導他們。

「跟著這團光會興奮嗎？」

「好像有點興奮，輝，你呢？」

「當然興奮啊。」

兩個人追著光的球體，坐著書包前進。

光的球體把他們引導向背對湖面的山另一側的半山腰。

這時，他們看到一條兩側都是陡峭懸崖的山路。不，也許稱不上是路，那只有一隻腳的寬度，只能容納一個人勉強經過。來到這條路的正中央時，光球消失了。

「就是這裡。」輝和理玖小心地降落，這裡是一片岩石形成的蟻徑，地勢險峻，只要腳下稍不留神，就會墜入山谷。山的表面也沒有樹木和草，可以緩和墜落的衝擊，恐怕會直接墜入山谷。

「這種地方怎麼會有聖櫃？」理玖不解地問。

輝四處張望時，一個黑色物體閃過他的眼角。

「那是……無人機！」他倒吸了一口氣，「湯瑪斯在跟蹤我們！」

就在這時，湯瑪斯帶著蜥蜴人出現了。

「活捉他們。」湯瑪斯命令，手拿剁肉菜刀的蜥蜴人逼向輝和理玖。理玖讓輝站在自己背後，揮著球棒保護他，閃過蜥蜴人的菜刀攻擊，用球棒打向蜥蜴人。蜥蜴人重心不穩，墜入了山谷。輝和理玖的平衡感比較好，因為他們個子比較矮，所以在蟻徑上對戰，對他們比較有利。但是，即使打倒了一個又一個蜥蜴人，還是不斷有新的蜥蜴人上前，幾十個蜥蜴人都排隊上場。輝發現理玖有點打累了。

輝讓書包飛了起來，對著理玖大喊：「抓緊了！」

湯瑪斯看到他們兩個人飛上了天，怒氣終於爆炸了。

「我不再手軟，殺了他們！」湯瑪斯命令那些蜥蜴人，十幾個舉著槍的蜥蜴人同時向他們開槍。

輝讓書包上下蛇行避開子彈，但無法閃過所有的子彈，子彈擦過輝的臉頰，血流了出來。鮮紅的血被風吹散了。

理玖見狀，忍不住罵道：「搞什麼啊，不是要活捉我們嗎！我真的超火大。輝，你朝著湯瑪斯急速下降，利用這個速度，我要用球棒打爆那傢伙的腦袋。湯瑪斯死了，那些蜥蜴人應該就會逃走。」

「……」

「輝，怎麼了？」

理玖看到輝沉默不語，納悶地問。

「我無論如何……都不覺得艾莉卡是敵人……」

「你覺得那是艾莉卡，才會受到迷惑，那不是艾莉卡，是名叫湯瑪斯的黑暗將軍，是想要用萬惡支配整個世界的壞蛋！」

「壞蛋也是從『一體』分離出來的——」

輝覺得自己說話的聲音喚醒了內心的某種感覺，好像終於找到了一直在尋求的答案——

噗咻！一顆子彈飛了過來。

「輝！你再說這些，我們就會中彈！如果你不動手，那我來幹掉湯瑪斯！」理玖生氣地大叫。

輝用平靜的聲音平息理玖的怒火，「理玖，湯瑪斯和我很像，不，她是投射在湯瑪斯這面鏡子上的我。」

「啊？你說什麼？」

「湯瑪斯也是在苦惱中誕生的，在貧窮、背叛，在痛苦中無可奈何地誕生。」

「那又怎麼樣！」

「理玖，拜託你，不要將怒氣針對湯瑪斯。當你把怒氣針對他，就會增強他的力量。他吸收別人的憤怒、憎惡作為能量來源，讓自己變得強大。」

「那該怎麼辦？不能一直這樣下去啊。」

輝閉上了眼睛，然後說：「想像光球，我和你的光球重疊變大後，包住湯瑪斯。」

理玖順從地閉上了眼睛，蜥蜴人的子彈仍然不斷飛向他們。

「這樣很不妙吧，我又不是甘地！我們球隊的領隊說，甘地那個老頭曾經說，『你無法和握緊的拳頭握手』，現在根本不是說這些廢話的時候。」理玖在抱怨時，仍然想像著光球。

當輝和理玖的光球重疊時，頓時變大了，光球中的磁場似乎變強了。他們在想像中用光球包住了湯瑪斯。

輝小聲嘀咕說：「湯瑪斯不是敵人，敵人在我的內心，湯瑪斯只是我內心的邪惡、欲望、惡毒這些心靈黑暗的化身——」

槍聲停止了。

睜開眼睛，聽到湯瑪斯問：

「你們要投降嗎？我也不想殺了你們，至少在拿到聖櫃之前不想殺你們。」

「艾莉卡。」輝開了口。

湯瑪斯聽到輝的聲音，身體忍不住後退。理玖也驚訝地直起身體。輝的聲音好像可以融化這個世界上所有冰冷、堅硬的東西。

「我不是艾莉卡！我是湯瑪斯！」

「湯瑪斯，」輝再次靜靜地叫了一聲，然後降落在地面，站在湯瑪斯面前。

「你為什麼想要聖櫃？」

「為了我，不，為了我所屬的組織能夠支配世界。」

「支配世界之後呢？」

「要殺盡所有的偽善者，那些所謂的財經人士，明明是以賺錢為目的，卻假裝對社會有貢獻；還有那些政客，表面上誠懇地鞠躬，心裡覺得老百姓都是會聽他們指揮的傻瓜；還有那些家長，明明覺得小孩子只要乖乖聽話就好，卻主張什麼兒童的權利。看到那些雙面人，就讓我噁心得想吐。」

「所以你覺得不需要表面工夫，只靠真實的一面生活的社會，是一個容易居住的世界嗎？」理玖問。

「對自己的欲望忠實的社會直接而不浪費，徹底排除沒有存在價值、無能的人，只有天之驕子、有能力的人控制世界，就可以解決糧食不足等大部分社會問題。」

「湯瑪斯，這個世界上沒有無能的人，每個人都具備了各自與生俱來的能力。」

湯瑪斯聽了輝的話，冷笑了一聲：「哼！哪裡有這種大人？每個人都變成了金錢和權力的奴隸。」

「這是因為誰都不去發現自己的才華！不知道自己有這種才華，不知道自己的天職！但是，我想要努力去發現！」輝努力想要打動湯瑪斯。

「太蠢了。」湯瑪斯說：「培養艾莉卡的組織告訴大家，優秀的人是天生的，只有天之驕子才有權力領導世界。」

「你說的組織，是救了你的那些人？」

「組織拯救了艾莉卡，他們培養了她的能力。」

湯瑪斯提到艾莉卡時，好像在談論毫不相關的人。輝不以為意，繼續說了下去。

「當你的父母離開時，只有組織救了你，所以你覺得必須聽他們的話，但是，從今以後，你可以選擇不同的生活方式！」

湯瑪斯因為憤怒而全身發抖，「你別以為你瞭解狀況！你這種人根本不可能瞭解！你不可能瞭解艾莉卡被信任的人背叛，一個人被丟到異國的心情！這個世界是一個必須對抗背叛，只有在競爭中獲勝的人才能生存的黑暗世界！」

輝注視著湯瑪斯的眼睛說：「我不這麼認為。」
湯瑪斯也看著他，似乎想要說什麼。
輝用有力的聲音說：「艾莉卡，回去吧，和我們一起回去。」
「去哪裡？」湯瑪斯皺著眉頭，「艾莉卡根本無家可歸。」
輝打開素描簿。
艾莉卡、理玖和輝一起吃著剉冰，還有老鷹，大家都笑著——
「這又怎麼樣！？」湯瑪斯不耐煩地問。
「我們在一起吃剉冰，這次一定要向店裡的人拿一些乾冰放在一起，剉冰才不會融化，然後把剉冰送去給你奶奶。」
「你在說什麼啊，奶奶早就——」
「現在還來得及。有人在等你的剉冰，有人在等你為他們帶來笑容。」
「艾莉卡，回去吧！和我們一起回去！」理玖也說道。
「艾莉卡……」輝的聲音應該連北極的冰也可以融化。
「……為什麼？」湯瑪斯的聲音帶著沙啞。
「……為什麼可以這麼相信別人？而且相信我？我想要殺了你們啊！」

輝回答說：「因為我知道，眼前出現的所有人、所有事，都是自己的鏡子。你是我的一部分，我接納了自己內心的欲望、惡毒的邪惡、軟弱和所有的一切，無論自己再醜惡，都原諒自己，然後相信你，相信艾莉卡，也相信湯瑪斯。」

湯瑪斯雙腿發軟地跪在地上，拿下了面具，流著大滴眼淚的艾莉卡出現了。

「艾莉卡……」輝叫著她的名字，那個聲音聽起來像在說「我愛你」。

這個聲音從艾莉卡的耳朵進入，貫穿了她的心。她淚流不止。

「輝……」

「艾莉卡！」理玖跑過去，抱住了艾莉卡的肩膀。

蜥蜴人吵吵嚷嚷，爭先恐後逃走了。

這時，長老出現在那群蜥蜴人原本佔據的空間。

「出現在自己眼前的任何人，都是反映自己的鏡子。當有討厭的人、棘手的人出現時，是找回自己分離部分的最佳機會。為非作歹的狡猾奸詐之徒，沒有盡自己本分的懶人，打著正義幌子審判別人的偽善者，為了個人欲望招搖撞騙的壞蛋，雖然想要否定這些人，但可以從這些人身上看到自己陰暗的部分。寬恕是最強大的力量，當原諒對方時，自己的那個部分也獲得了原諒。反之亦然。當寬恕自己身上討厭的部分時，討厭的人也就隨之消失了。沒有任何分離部分的人格具有強大的力量，這才是真正的勇士。」

長老仰望天空。

輝、理玖和艾莉卡也抬頭看著天空。

晚霞瀰漫在遠方的天空，雲層中出現了一顆彩石。這顆紫色的彩石在夕陽下閃著光芒，朝向輝飛來。

輝看著落入手中的彩石，發現上面有一個「空」字在閃閃發亮。

輝把彩石舉到理玖和艾莉卡面前。

「天空的空……？」理玖問。

「那是四大皆空的空。」

「空……」

「這代表你已經奪回了成為自己人生主角的主導權。『主角』在佛教的禪中，代表『真正的自己』的意思。中國唐代有一位名叫瑞巖禪師的高僧，這位和尚經常叫自己『主角』，然後又回答：『有』，隨時提醒自己，不要迷失真正的自己。」

「是喔，如果我是主角，那長老不就是我的配角嗎？」理玖語帶調侃地說。

「老夫當然是老夫人生的主角。」

每個人都是自己人生的主角——，每個人都具備了這樣的力量。輝忍不住覺得這是一件美好的事。

長老又接著說了下去，「第七顆彩石紫石能夠提升和神聖能量連結的能力，可以更加明確人生的目的。」

七顆彩石都已經到手。紅色的「懼」、橙色的「寂」、黃色的「怒」和綠色的「妒」，還有讓人瞭解到自己天職的第五顆藍色彩石「悲」，以及讓人學習到自我理想狀態的第六顆靛色彩石「我」。最後，就是認同世界是「鏡子」後得到的紫色彩石「空」。

這時，一條龍從晚霞後方飛了過來。輝和理玖驚訝地瞪大了眼睛，但不知道為什麼，他們同時知道這是源泉派來的使者。

「該道別了。」長老對他們說。

「啊？以後無法再見到你了嗎？」輝驚訝地問。

「老夫的工作是引導你們成為勇士，如今，老夫的任務已經完成了。」長老用力注視著輝和理玖，好像想要把他們的身影烙印在腦海中。
龍飛到他們面前。
「坐上去吧。」長老對他們說。
輝和理玖快哭出來了。因為有長老，他們才能走到這一步。
如果嚮導不是長老，他們可能已經放棄了——
「長老……」輝和理玖想要表達內心的感謝，但百感交集，變成了淚水。長老也用力揉著眼睛，打斷他們說：「快走吧，我都快被你們惹哭了。」
「長老，謝謝你。」輝和理玖擁抱著長老。
長老小聲對輝說：「如果你可以畫老夫每天都吃菠蘿麵包，那就太開心了。」
輝噗哧一聲笑了起來，點了點頭：「收到。」
輝和理玖坐在龍背上，向艾莉卡伸出手。
艾莉卡搖了搖頭，「我現在不能和你們一起去……我會在剉冰店等你們。」
理玖看著輝。
輝點了點頭說：「走吧。」

龍載著他們兩個人飛上天空。

長老目送他們遠去時說：

「少年人啊，勇氣是為你實現夢想的神，有多少勇氣，就會綻放多少燦爛的花。」

龍載著他們穿越了時空，來到一個像神殿的地方把他們放了下來，注視著輝，好像有什麼話要對他說。

龍眼睛深處的光讓輝產生了一種熟悉感，但龍移開了視線，飛向上空，然後在他們的頭頂上用力轉了一圈，好像在向他們道別。

「龍，謝謝你！」輝大喊著。

「謝謝！」理玖也揮手道別。

整座神殿都是用透明水晶製造，地板和柱子都很光滑。

沿著階梯走入神殿，發現和神轎外形很相似的聖櫃莊嚴地放在那裡。

「這就是聖櫃……」兩人感動不已，走了過去。四隻曲線優美的櫃腳支撐著長方形的水晶聖櫃。

他們站在聖櫃前，從口袋裡拿出七顆彩石，在半空中排成一直線。「紅」、

「橙」、「黃」、「綠」、「藍」、「靛」、「紫」，每顆彩石各自旋轉，綻放光芒，形成了七色的彩虹。這道彩虹在彩石和聖櫃之間架起一座橋。

這時，聖櫃的蓋子好像自動門一樣打開了。

輝和理玖向聖櫃內張望，發現裡面放著寶劍、寶珠和鏡子。

兩個人猶豫了一下。只有一個人能夠拿到寶劍，實現自己的心願。

理玖緩緩拿起寶劍舉了起來。寶劍也是水晶製成的，一拿出聖櫃，立刻綻放出耀眼的光彩。

理玖把寶劍遞到輝面前，「輝，這把劍該屬於你。」

「不，理玖，你拿著就好。」

「你有六顆彩石，你才是勇士。你不是要創造和平溫馨的世界嗎？」

輝搖了搖頭，「你也一樣啊，而且，你不是要治好肩膀，去參加世界大賽嗎？」

「你不是說，要把你媽媽的戒指贖回來嗎！你說要擺脫貧窮！」

「我會擺脫貧窮。」輝堅定地說，「我相信，我可以靠自己的力量做到。回去之後，我要和媽媽一起發現天職。雖然原本的世界有時差，現實沒有這麼快發生改變，但只要相信自己，就不需要其他了。」

「我也一樣，我會治好肩膀，然後一次又一次說服我爸媽，說我不想當醫生，想要打棒球。如果他們不同意，我就會培養足以說服他們的實力。」

兩人相互禮讓著。

當他們推來推去時，寶劍突然裂成了兩半。

「啊！」

這下慘了！費盡千辛萬苦得到的寶劍，歷史上很多偉人都夢寐以求的寶劍竟然損壞了。

兩個人慌張不已。

就在這時，裂成兩半的寶劍變成了兩顆光球，進入了輝和理玖的身體，在心臟跳動的位置發出了七彩光芒。這意味著寶劍承認他們兩個人都是勇士。

「輝……」

「理玖……」

兩個人覺得寶劍成為自己的『生命』，相互叫著對方的名字。不知道該怎麼形容這種感覺，好像有一股偉大的力量接納、寬恕了他們的一切，接納他們「一切都沒問題」，賦予他們生命。名為「自己」的「個人」融化，「一切」都消失了。不，雖然「一切」都消失了，但「一切」又同時存在。他們感受到從來不曾體會過的絕對安心。

那是無窮無限的喜悅，是雖然具備了無盡力量，卻很寧靜的源泉本身——

原來這就是「一體」的感覺——

『帶回去，分給大家。』

輝聽到了源泉的聲音。在完全沒有分離的感覺之中，響起那個聲音。

「輝！」理玖滿臉驚訝地看著輝，理玖似乎也聽到了那個聲音。

輝覺得身體內有什麼巨大的東西爆炸了，太強烈的衝動，已經不能說只是『發現』而已。

「啊，理玖……這並不是特別的力量，每個人只要願意，都可以得到這種力量！我們要讓大家瞭解這件事，要透過我們的表達方式，讓大家瞭解。」

理玖用力點頭，表示他瞭解這件事。

「我們可以在和諧的狀態下，創造自己的人生——」

「是啊，只要回想起自己具備了力量——而且我們已經具備了力量。我們從有『生命』的那一刻起，就從來沒有失去這份力量。」

兩人沉浸在超越感動的深刻心靈震撼中。

他們知道，即使無法用言語表達這份震撼，只要和心中有七彩光的人接觸，就可以自動在全世界擴散。

即將出現前所未有的『甦醒』，打開聖櫃的蓋子就是這麼一回事。

輝和理玖看向聖櫃中的鏡子和寶珠。那是一面直徑二十公分左右的手拿鏡，寶珠是直徑三十公分左右的球體，都是用水晶做成的。

輝拿起鏡子交給理玖。理玖接過鏡子，照著自己的臉，能量開始在鏡子中打轉，就像不停扭動的萬花筒。結果，理玖的肩膀竟然不痛了。

「啊！」理玖驚訝地脫下襯衫，發現原本腫瘤腫起的患部痊癒了，肩膀也可以靈活轉動。

理玖快哭出來了，勉強擠出的笑容都歪了，「我搞不好會被挖角去大聯盟。」

「我早就知道了。」輝也跟著他開玩笑說。如果不開玩笑，兩個人都會放聲大哭。

他們握起拳，用力互碰了一下。

「輝，輪到你了——」理玖催促輝拿起寶珠。

輝拿了起來，發現寶珠很重。

「寶珠可以播映歷史，播映主人最想看的歷史一幕。」

輝回想起艾莉卡的話。

「我最想知道的歷史一幕……」輝喃喃自語著，有點不知所措。

瞭解歷史的真相就是打開潘朵拉的盒子。瞭解隱藏的真相，對人類來說，真的是一件好事嗎？不，最重要的是我想知道什麼事？

我想知道的事——輝在思考之後抬起了頭。他下定了決心，對著寶珠問：

「爹地……我的爸爸目前在哪裡？請你告訴我他的歷史。」

寶珠好像有意志的生命般瞬間發出光芒，然後出現一個美國軍人。地點應該是在遙遠的異國，接著是男人的臉部特寫。

「爹地……」

輝內心充滿了懷念。

突然響起轟的一聲，同時傳來地鳴聲。身穿軍服的爹地和很多軍人都被炸飛了。一定是炸彈爆炸了。

被炸倒在地的爹地從塵埃和煙霧中站了起來。
輝看到爹地的身影，倒吸了一口氣。
爹地全身是血，右手臂被炸掉不見了。
畫面突然切換。
在美軍的醫院內。爹地躺在病床上，身旁有一個身穿西裝、戴眼鏡的男人。
「離婚吧，我再也不會回日本了——」爹地嘆著氣說完，男人回答說：「知道了。」就拿著文件離開了。雖然他們說英文，但輝竟然能夠聽懂。
爹地就這樣拋棄了媽媽和我……輝感到疼痛不已，好像有一雙燒紅的火筷子插進自己的後背。
畫面再度切換，竟然變成了聖櫃的森林。
沒有穿軍服的爹地挖著鶴岩和龜岩之間的地面，只有一隻左手挖土的身影令人不捨。
爹地也曾經來過這裡？
爹地也想成為勇士？
輝驚訝地看著。這時，湖面突然裂開，龍向爹地展開攻擊。

爹地拿出一把鋒利的日本刀和龍對戰。

爹地閃避七個龍頭的火焰攻擊，砍下了一個又一個龍頭。那是一場殊死戰。

爹地擊退了六個幻影龍頭後，將刀子刺進最後一個龍頭的眼睛。

龍發出從來沒有聽過的可怕叫聲倒在地上。爹地打敗了龍，但在下一剎那，他猛然發現了一件事。龍是為了分辨自己是不是勇士而向自己挑戰，絕對不能殺了牠。爹地永遠被剝奪了成為勇士的資格。

爹地痛苦絕望地趴在地上，但立刻抬頭大喊：

「源泉，讓我成為你的奴僕！讓我成為傳達你意志的角色！」

爹地叫喊數次後，長老出現在他面前問：「你想幹什麼？想要恢復失去的手臂嗎？」

爹地笑了笑，「如果可以用一兩條手臂交換我想找回的東西，你要多少都給你。」

「你想要找回什麼？」

「我……傷害了原本想要用生命保護的東西，而且拋棄了他們……」

「那是什麼？」

「我太太和兒子……藍頭髮的兒子……我當時實在難以接受，把他當成妖怪拋棄了……一方面是因為我斷了手臂後，開始自暴自棄，但是，當我失去手臂，在別人眼中不再『正常』之後，我終於瞭解到……那孩子對我有多重要——」

「在你發現的瞬間，就可以重新做人。人雖然會失敗，但失敗是為了學習而存在。你也會一次又一次跌倒，然後又一次又一次站起來。」

「不……」爹地低著頭，「我的行為無法得到原諒。」

「你想知道怎樣才能得到原諒？你原本打算拿到聖櫃之後完成什麼願望？」

「要打造一個正確的世界……能夠善待任何人的社會……即使我洗心革面，保護他們母子，世界仍然不會改變，那個孩子就必須面對嚴峻的現實，所以必須改變世界——」

「但你失敗了。」

「是啊，我無法成為勇士——但是，我可以保護聖櫃，不讓想要得到聖櫃的人輕易靠近，把聖櫃交給真正的勇士……」

「那意味著……你無法再回去原本的世界。」

「那也無妨……只要真正的勇士出現，我的兒子輝能夠過幸福的日子，這樣就好——」

「也許勇士並不會這麼快出現，源泉已經持續等待了好幾百年，至今仍然沒有出現，你是第一個來到這裡的人，這件事令人感動，所以老夫特別獲得恩准，來這裡和你說話。」

「不管幾百年，不，即使會等上幾千年也沒關係，讓我活到那一天。當勇士拿到聖櫃時，我保證會讓自己的生命消失。只要讓我活到那一天就好，希望可以讓我守護聖櫃。」

「那將會很孤獨——」長老用體會過難以用言語表達的孤獨過來人身分說道，「再也無法親口對所愛的人說話，也無法親眼看心愛的人。」

「沒關係。」爹地充滿堅定的決心點了點頭。

「好——那你閉上眼睛。」

爹地閉上了眼睛。

就在這時——

天空裂開，一道強烈的光好像雷一樣打在爹地身上。

爹地痛苦地扭著身體，好像蝦子一樣向後仰，倒在地上。就在同時，原本倒地的龍起死回生了。龍抬起巨大的身體，被砍下的七個頭也重新回到身上，七個龍頭同時搖晃起來。爹地的靈魂為死去的龍注入了生命。

變成龍的爹地用力噴火，然後潛入了湖底。

「爹地……」

輝重重地吐了一口氣。

那條龍是爹地……為了保護我……做好了要在這裡當好幾年、好幾千年的龍的心理準備……

輝雙腿癱軟。

理玖陪伴在輝的身旁，也說不出一句話。

此時此刻，根本無話可說。

輝的眼中流下的淚水閃著藍色的光。

爹地為了傳達愛，變成了龍。

這時，輝的腦海中閃現了在這趟探險之旅開始時，就一直問源泉的問題的答案。

源泉為什麼要開始『分離遊戲』？

『一體』分散後，進入每個人的身體。

那不是為了競爭，也不是為了發現彼此的不同而批評。

是為了傳達愛——

每個人有各自的身體，是為了表達愛。手指是為了撫摸所愛的人的頭髮而存在；嘴唇是為了親吻，手臂是為了擁抱，言語是為了表達，分離是為了相互幫助。

那都是自己一個人無法瞭解的事。

所以，每個人都天生具備了不同的才華，藉由表現這種才華，讓彼此更愉快，彼此療癒，為彼此帶來勇氣。

無論聲音、音樂還是舞蹈，所有的一切，這個世界上所有的一切都是愛的表現——

——爹地……我從你身上學到了這件事……

輝衝出神殿，注視著龍飛離的方向。

理玖也追了出來。

「你爸爸在湖裡？」

「不。」輝搖了搖頭。

——爹地已經不在了，他身為龍的生命已經結束了。他當初約定，在我們成為勇士的那一刻……

但是，我收到了，我收到了爹地不惜用生命保護我的心意，也瞭解到爹地富有勇氣，用生命保護無可取代的事物——

輝注視著遠方燦爛的晚霞。

那片雲是龍的形狀。

爹地，謝謝你。

我要回去了，然後會告訴大家，每個人都是勇士，而且，即使孤單一人，只要找回力量，就可以看到天堂——

□ □ □ □

輝和理玖回到葉山時，夏日的一天已經結束，夜幕降臨。

輝急急忙忙跑回家裡，花梨在家門口等他。

「媽媽！」輝撲進了花梨的臂彎中。

「你去了哪裡？聽說你沒去學校，我好擔心。」

「我去探險了，我成為勇士了。」

「我知道啊，你在我眼裡，一直都是勇士。」

花梨說完，發出一聲驚叫。

「啊喲，你的頭髮……該染了。」她摸著輝的藍色頭髮。

輝拉著媽媽的手指，握住媽媽的雙手，看著媽媽的眼睛說：

「媽媽，我以後不染頭髮了，也不需要隱形眼鏡了。我這樣也沒問題。」

媽媽用力點頭。

輝很驚訝花梨這麼輕易接受了，但隨即轉念想到。

——這很正常，因為這是我創造的現實，既然我決定沒問題，當然會有這樣的結果。

「媽媽，我瞭解到一件事，無論自己怎麼樣，都要喜歡自己。討厭自己的自卑，會造成和別人之間的隔閡。」

輝和花梨牽著手，準備走進家裡，輝看到老鷹的狗屋空空，好像在等待主人。輝開了口：
「媽媽，老鷹牠……」
花梨說：「輝，你聽好了，老鷹今天去了天堂。媽媽回來時，牠已經斷了氣——」
「喔，原來是這樣——」輝回答。
「你知道這件事？媽媽還在擔心，要怎麼跟你說……」
「我知道，老鷹活到了最後一刻，牠在最後一刻都很充實。」
花梨點了點頭，「牠帶給我們幸福，為我們的生活帶來了快樂。」說完之後，又補充說：「輝，你怎麼了？好像突然長大了。」
輝呵呵笑著說：「少年因為探險而成為男人。」
「竟然口出狂言！」花梨用力摸著輝的頭。
藍色頭髮豎了起來，看起來好像海浪。
媽媽親吻著他的頭髮說：
「輝，媽媽好喜歡你。」
「媽媽，我也喜歡你。」
輝仰望著天空，一顆流星飛過，好像是有人在向他們傳遞訊息。

隔天早晨，輝到學校時，他的室內鞋又被人藏了起來。
輝光著腳走去教室。
所有同學都注視著藍頭髮、藍眼睛的他。
輝不以為意，站在那些霸凌他的男生面前，注視著他們說：
「玩夠了沒有？因為我的關係，沒有得到球技大賽的冠軍，我為這件事道歉，但如果對這件事有什麼不滿，請當面對我說。」
那幾個男生聽了，露出錯愕的表情，隨即嚇得逃走了。
理玖走到他身旁說：「輝，早安！」
「早安，理玖。」
輝和理玖用握起的拳頭相碰。
輝和理玖跑向剉冰店。
輝的口袋裡有兩枚五百圓硬幣。花梨的父親，也就是輝的外公不知道心境有了什麼變化，說有了額外收入，所以匯了錢給花梨。

筆盒在書包內發出嘎答嘎答的聲音，他的書包不會再飛上天空了。
即使這樣，輝覺得聽到嘎答嘎答的聲音，感受課本的重量是一件多麼幸福的事。
來到剉冰店前，正在排隊的少女對著他們大聲說：「這麼晚才來！」
「艾莉卡！」
艾莉卡嫣然一笑。
輝從來沒有看過她臉上露出這麼開朗動人的笑容。
那正是他之前在素描簿上畫的艾莉卡。
三個人如他之前所畫的那樣，坐在一起吃著剉冰。
只有老鷹不在。
但是，老鷹帶給他們的一切都留在他們心中，三個人都感受到這一點，只是不想說出來，所以不停地笑著。
大海呼喚著他們。
三個人一起衝向海邊。
海邊的人紛紛回頭看著藍頭髮的輝。

有人露出驚訝的表情，有人露出好奇的眼神，也有人小聲議論著。

即使這樣，輝也不想隱藏自己一頭藍色的頭髮。

比起害怕被別人討論，輝內心充滿了愛的喜悅。

理玖和艾莉卡為這樣的輝感到驕傲。

他們希望全世界都知道，自己是輝的朋友。

為真實的自己打五顆星時，無論面對怎樣的自己，都能夠接納，都覺得沒關係時，當自己是自己的最有力支持者時，就能夠湧現向前邁進一步的勇氣。

因為只有自己，才能為自己帶來勇氣。

因為只有自己的雙腳，才能向前邁進。

在踏出第一步後，鮮花就會綻放。

那是生命的鮮花——

那是全世界獨一無二的花。

這是在地球這個物理空間的行星上才會發生的、關於你的故事——

〈完〉

# 長老的教誨

**第一顆彩石「紅石」～懼～**

「輝，你剛才將意識集中在丹田，用腹部呼吸，這是將意識集中在內心的簡單方法之一。人類的潛意識都連在一起，當意識集中在內心，就可以瞭解透過潛意識相連的其他人內心的想法。」

——將意識集中在丹田，想像光球，在光球內深呼吸——

當意識集中在內側，就可以遠離面對現實生活的各種煩惱，具有放鬆的效果。輝貫徹了這個教誨，克服了「恐懼」。

**第二顆彩石「橙石」～寂～**

「內在的聲音是身體發出的訊息，或者說是心靈的呢喃。輝一直以來都看別人的臉色過日子，比起自己想要做什麼，他通常是因為別人都這麼做，所以他也跟著做。長久下來，就會喪失傾聽內在聲音的能力。」

——讓興奮指南針動起來——

每個人都具備了「興奮指南針」。遇到「喜歡」的事、「真實」的事，身體就會不由自主地興奮，產生心動的感覺。在選擇時，不妨感受一下代表內在聲音的「興奮指南針」。輝選擇了「興奮」，療癒了內心的「寂寞」。

**第三顆彩石「黃石」～怒～**

「打破這些負面信念的方法，就是充分成為這個角色，成為勇士。思考勇士會做出怎樣的選擇？勇士會說什麼話？做出什麼行為？會吃什麼？會選擇怎樣的朋友？要以勇士的角色生活，就好像演員扮演某個角色一樣，要充分融入那個角色，然後成為那個頻率。」

——寫下人生劇本，充分成為人生劇本主角這個角色——

你在自己的夢想人生中，是怎樣的角色？輝成為「勇士」之後，讓「憤怒」這種感情成為探險的原動力。

## 第四顆彩石「綠石」～妒～

「雖然很容易誤以為是現實引發了感情，但其實相反，是感情創造了現實。感情通常會經過一段時間才變成現實，因為這種時間差的關係，所以不容易瞭解其實是先有思考和感情。老夫現在告訴你們擺脫感情和情緒的方法。」

——把感情變成顏色和形狀後放手——

任何感情都是中立的頻率、能量。不妨想像感情的顏色、形狀、硬度和重量。輝輕鬆地釋放了「嫉妒」這種他很不喜歡的感情。

## 第五顆彩石「藍石」～悲～

「每個人都有各自獨特的才華，源泉賜予每個人天職。有些人把天職當作工作，有些人作為興趣，每個人都不一樣，但天職是靈魂的表達。」

——找到你的獨特才華、天職——

上天賦予你獨特的才華，充分發揮這種才華，人生將會充滿意義。輝想起老鷹完全相信自己，接受了失去老鷹的「悲傷」。

## 第六顆彩石「靛石」～我～

「帶著怎樣的意識去做，比做什麼更重要，比起Do，更要把意識放在Be上面。在認為自己不行的前提下嘗試某件事，和相信自己能夠做到的前提下挑戰，結果會大不相同。目前所有的現實，都是你們對自己認識的結果。」

——無論怎樣的自己都要接納，都要完全肯定——

愛自己真實的樣子，就可以做出不是基於自私，而是基於「愛」的選擇。

輝接納了自己的藍色頭髮後，進入了「無」的境界，才發現了龍的意義。

## 第七顆彩石「紫石」～空～

「出現在自己眼前的任何人，都是反映自己的鏡子。當有討厭的人、棘手的人出現時，是找回自己分離部分的最佳機會。寬恕是最強大的力量，當原諒對方時，自己的那個部分也獲得了原諒。」

——無論遇到任何事，無論遇到任何人都全然接受——

眼前的現實是你的「頻率」創造的結果。一旦發現這件事，就可以找回創造現實的力量。輝將敵人湯瑪斯也視為自己的「一部分」加以接受，體會到成為自己人生的「主角」。這也是和源泉連結，找回「一體」的無限力量。

126

春日
ハルヒブンコ
文庫

65

# 帶著膽怯也能繼續前進

## 臆病な僕でも勇者になれた七つの教え

帶著膽怯也能繼續前進 / 旺季志杜香作 ; 王蘊潔譯.
-- 初版. -- 臺北市 : 春天出版國際, 2018.06
面 ;　公分. -- (春日文庫 ; 65)
譯自 : 臆病な僕でも勇者になれた七つの教え
ISBN 978-957-9609-50-0(平裝)

861.57　　　107007102


ISBN 978-957-9609-50-0
Printed in Taiwan



作　　者　旺季志杜香
譯　　者　王蘊潔
總 編 輯　莊宜勳
主　　編　孟繁珍

出 版 者　春天出版國際文化有限公司
地　　址　台北市信義路四段458號3樓
電　　話　02-7718-0898
傳　　眞　02-7718-2388
E － mail　story@bookspring.com.tw
網　　址　http://www.bookspring.com.tw
部 落 格　http://blog.pixnet.net/bookspring
郵政帳號　19705538
戶　　名　春天出版國際文化有限公司
法律顧問　蕭顯忠律師事務所
出版日期　二〇一八年六月初版

定　　價　280元

總 經 銷　楨德圖書事業有限公司
地　　址　新北市新店區寶興路45巷6弄6號5樓
電　　話　02-8919-3186
傳　　眞　02-8914-5524
香港總代理　一代匯集
地　　址　九龍旺角塘尾道64號 龍駒企業大廈10 B&D室
電　　話　852-2783-8102
傳　　眞　852-2396-0050